飞花令·春

中国文化·古典诗词品鉴

素心落雪 编著

中国文史出版社

图书在版编目（CIP）数据

飞花令.春/素心落雪编著.—北京：中国文史出版社，2018.5

ISBN 978-7-5205-0271-9

Ⅰ.①飞… Ⅱ.①素… Ⅲ.①古典诗歌—诗集—中国 Ⅳ.①I222

中国版本图书馆CIP数据核字（2018）第104483号

责任编辑：徐玉霞

出版发行：中国文史出版社
社　　址：北京市海淀区西八里庄路69号院　邮编：100142
电　　话：010－81136606　81136602　81136603（发行部）
传　　真：010－81136655
印　　装：廊坊市海涛印刷有限公司
经　　销：全国新华书店
开　　本：787mm×1092mm 1/32
印　　张：7.125　　　字数：167千字
版　　次：2018年8月第1版
印　　次：2024年3月第3次印刷
定　　价：36.80元

解读飞花令

飞花令，原是饮酒助兴的游戏之一，输者罚酒。源自古人的诗词之趣，得名于唐代诗人韩翃《寒食》中的名句“春城无处不飞花”。古代的飞花令要求，对令人所对出的诗句要和行令人吟出的诗句格律一致，而且规定好的字出现的位置同样有着严格的要求。

而现行“飞花令”的游戏规则相对宽松得多，只要围绕关键字背诵出相应的诗句即可。即使这样，“飞花令”仍是真正高手之间的对抗，因为这不仅考察对令者的诗词储备，更是临场反应和心理素质的较量。

飞花令

目录

春

朱熹

朱淑真

卢梅坡

元好问

于谦

李梦阳

纳兰性德

高鼎

薛道衡

薛道衡（540—609），字玄卿，河东汾阴（今山西万荣县）人。曾仕北周、北齐，入隋后官居襄州总管、播州刺史，累官至司隶大夫，后因触犯隋炀帝被杀。其诗词清丽委婉，是隋代诗坛的杰出代表。

入春才七日，离家已二年

人日思归

南北朝·薛道衡

入春才七日，离家已二年。
人归落雁后，思发在花前。

注释

入春才七日：将春节当作春天的开始，七天后是人日。

思：传说鸿雁正月从南方返回北方。

简析

这是一首思乡诗，描写了远在他乡的游子，新春佳节时刻渴望与家人团聚的心理。诗的一开头就交代了时间和自己离家的时日，笔调平淡，似乎没有太多感情，然而细细想来，“才七日”和“已二年”这个鲜明的对比，让人感受到了诗人的度日如年。后面两句，写了春花还未萌发的时候，思归之念已经发动。传说中，鸿雁正月里就会从南方飞往北方，在这个春天，诗人也想回乡，但如今眼看着春草将绿，春花将开，成队的鸿雁从头顶掠过，诗人却无法回去，因此“人归落雁后”。无奈之下，只能借春雁北归之说，抒发极想回归之情。

背景

薛道衡隋初时曾当过聘陈内史，这首诗正是当时在江南的时候写的。

陆凯

陆凯（？—约504），字智君，陆俟之孙，北魏代（今张家口涿鹿县山涧口村）人，鲜卑族。是南北朝人。《魏书》有传。

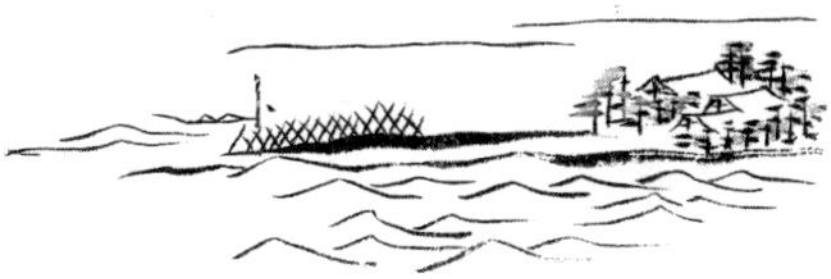

江南无所有，聊赠一枝春

赠范晔诗

南北朝·陆凯

折花逢驿使，寄与陇头人。
江南无所有，聊赠一枝春。

注释

驿使：古代为官府递送文书的人。

陇头人：指在北方的朋友，也就是范晔。

一枝春：人们常常把梅花作为春天的象征，所以这里是指梅花。

简析

这首诗构思巧妙，富有情趣，尽管在用字上比较简单，细细品味，春的生机和情谊如在眼前。在特定的季节和特定环境中，诗人将怀友的感情，通过一种为世公认具有高洁情操的梅花表达出来，把抽象的感情与形象的梅花结为一体，这种手法难能可贵。

“折花逢驿使，寄与陇头人。”前两句写诗人和友人相隔千里，无法相见，只能凭驿使来往互递问候，恰好偶遇驿使，马上想到友人，体现出对朋友的挂念和友谊的珍贵。“江南无所有，聊赠一枝春。”后两句写出了江南最珍贵的其实是诗人的诚挚情怀，而这一切，全凝聚在小小的一枝梅花上。从这里可以看出诗人高雅的情趣和丰富的想象力，把春天聚集在小小的梅花上，寄托对相聚时刻的期盼，同时联想到友人睹物思人的场景。

背景

这是诗人陆凯率兵南征度梅岭时所作，当时岭梅怒放，他在戎马倥偬中登上梅岭，站在梅花丛中，回头北望，看到北去的驿使，想起陇头好友范晔，于是写下这首诗。

何逊

何逊（约480—518），字仲言，东海郯（今山东郯城）人，南朝梁诗人。历任安成王参政军事兼尚书水部郎，庐陵王记室。其诗以酬唱、记行居多，长于写景抒情，风格与谢朓相似，清新精巧，文辞优美，对唐代近体诗影响较大，有《何水部集》。

应知早飘落，故逐上春来

咏早梅·扬州法曹梅花盛开

南北朝·何逊

兔园标物序，惊时最是梅。
衔霜当路发，映雪拟寒开。
枝横却月观，花绕凌风台。
朝洒长门泣，夕驻临邛杯。
应知早飘落，故逐上春来。

注释

兔园：汉梁孝王的园名，这里指的是扬州的林园。

物序：时节变换。

上春：孟春正月。

简析

这是一首称赞早梅的咏物诗，梅花开得最早，不怕霜雪，敢抗风寒，这种坚贞的品格和诗人的清高自负异曲同工。其实如果联想到诗人的身世遭遇，不难得知，早露才华、受到时人称赞、得到皇帝宠信，但也比较早地被皇帝疏远的何逊确实如早梅一般。

诗的开篇提到的兔园，其实是建安王萧伟的芳林苑，这里种着千百种花卉，但当冰封大地、万木萧疏之时，梅花是第一个绽放，预报春天来临的，所以说“惊时最是梅”。“衔霜当路发”四句描绘了梅花凌霜傲雪，嫣然开放的姿态，看着满园梅花，诗人诗兴大发，不禁想到人世间许多悲欢离合的故事。最后那句“应知早飘落，故逐上春来”表达了作者的情志，人生有限，必须及早建功立业。由此可见，这首诗整体的基调还是积极向上的，诗人借咏梅表达了自己坚定的情操和高远的志向。

背景

这是公元508年早春，诗人在任建安王萧伟水曹行参军兼记室、尚书水部郎时，看到寒风中唯有梅花凌寒独放，心有所感，所写下的诗篇。

名家点评

吴小如：整首诗的基调是积极向上的，诗人以司马相如自喻，借咏梅来表现自己坚定的情操和高远的志向。（《汉魏六朝诗鉴赏辞典》）

宋之问

宋之问（约656—约712），字延清，名少连，汉族，汾州隰城人（今山西汾阳市）人，初唐时期的诗人，与沈佺期并称“沈宋”。

岭外音书断，经冬复历春

渡汉江

唐・宋之问

岭外音书断，经冬复历春。
近乡情更怯，不敢问来人。

注释

汉江：长江最大支流，从陕西经湖北流入长江，也叫汉水。

岭外：五岭以南的广东省广大地区，通常称岭南。唐朝时期经常被作为罪臣的流放地。

来人：从家乡来的人。

简析

这首诗描写了思乡之情，真实地刻画了诗人久别还乡，在临近家乡时激动而又复杂的心情，语极浅近，意颇深邃，对心理的刻画细致入微，自然至美。

“岭外音书断，经冬复历春。”前两句追叙自己被贬居岭南的境况，被贬斥到蛮荒之地原本就很悲惨，又和家人断了音讯，而且经历了很多个寒来暑往，诗人用简单的两句话，将客居岭南的凄苦和对家乡、亲人的思念表现得淋漓尽致。“近乡情更怯，不敢问来人。”正常来说，马上就要到家，应该急切问问从家乡来的人，自己的家人怎么样了，但诗人却没有这样想，细细琢磨，这才合乎情理。因为诗人常年没有得到家人的音讯，一方面日夜思念，另一方面时刻担心家人命运，生怕他们由于自己的连累而遭遇不幸，因此很担心别人说出什么不好的消息，这种矛盾的心理状态才是最真实的展现。

背景

这是宋之问自泷州（今广东罗定县）贬所逃归，途经汉江（指襄阳附近的一段汉水）时写的一首诗。

名家点评

明·钟惺、谭元春：实历苦境，皆以反说，意又深一层。(《唐诗归》)

明·黄生：“怯”字写得真情出。(《增订唐诗摘钞》)

清·李锳：“不敢问来人”，以反笔写出苦况。(《诗法易简录》)

清·沈德潜：即老杜“反畏消息来，寸心亦何有”意。(《唐诗别裁集》)

贺知章

贺知章（约659—约744），字季真，自号四明狂客，越州永兴（今杭州萧山）人。证圣进士，官至秘书监。后还乡为道士。为人旷达不羁，有“清谈风流”之誉。好饮酒，与李白友善，是“吴中四士”之一。其诗以绝句见长，诗多祭神乐章和应制之作。写景抒情之作，风格独特，清新潇洒。《全唐诗》尚存其诗作十九首。

不知细叶谁裁出，二月春风似剪刀

咏柳

唐·贺知章

碧玉妆成一树高，万条垂下绿丝绦。
不知细叶谁裁出，二月春风似剪刀。

注释

碧玉：原意指碧绿色的玉，这里是用来比喻春天嫩绿的柳叶。

一树：一是满和全的意思。在中国古典词和文章中，数量词在使用中并不一定表示确切的数量。下一句的“万”，是表示很多的意思。

绦：用丝编成的绳带。这里指像丝带一样的柳条。

简析

这首诗让人从柳树的婀娜多姿，感受到了浓浓春意。

“碧玉妆成一树高”，柳树像是一位经过梳妆打扮，亭亭玉立的美人，“万条垂下绿丝绦”，柳树上垂下的柳叶如同美人身上婀娜多姿的绿色丝织裙带。“不知细叶谁裁出，二月春风似剪刀。”这些如同丝绦的细细的柳叶儿是谁裁剪出来的呢？二月的春风如同巧手姑娘一般，用纤纤玉手裁剪出了这些嫩绿的叶子，为大地带来了绿色，给人春的信息。

背景

唐天宝三年，贺知章奉旨回乡，百官为其送行，他坐船途经南京、杭州，随后到达南门外潘水河边的旧宅，当时正是阴历二月，柳芽萌发，春意盎然，微风徐徐，贺知章心情非常好，突然看到河畔一株高大的杨柳，一时兴起，提笔写下了这首诗。

名家点评

明·黄周星：尖巧语，却非由雕琢所得。(《唐诗快》)

清·黄叔灿：赋物入妙，语意温柔。(《唐诗笺注》)

明·钟惺、谭元春：奇露语开却中晚。(《唐诗归》)

王之涣

王之涣（688—742），是盛唐时期的著名诗人，字季凌，汉族，绛州（今山西新绛县）人。豪放不羁，常击剑悲歌，其诗多被当时乐工制曲歌唱。名动一时，他常与高适、王昌龄等相唱和，以善于描写边塞风光著称。其代表作有《登鹳雀楼》《凉州词》等。

羌笛何须怨杨柳，春风不度玉门关

凉州词二首·其一

唐·王之涣

黄河远上白云间，一片孤城万仞山。
羌笛何须怨杨柳，春风不度玉门关。

注释

凉州词：又名《出塞》，是为当时流行的一首曲子《凉州词》配的唱词。

黄河远上：远远向西望黄河的源头。

仞：古代的长度单位，一仞相当于七尺或八尺（等于231厘米或264厘米,约等于2.3米或2.6米）。

羌笛：羌笛是羌族乐器，属横吹式管乐，古羌族主要分布在甘、青、川一带。

不度玉门关：吹不到玉门关这个地方。玉门关的故址在今甘肃敦煌西北小方盘城，是古代通往西域的要道。

简析

这首诗写的是戍边士兵的怀乡情。全诗苍凉慷慨，悲而不失其壮，虽极力渲染戍卒不得还乡的怨情，但丝毫没有半点颓丧消沉的情调，展露出盛唐时期诗人豁达广阔的胸怀。

“黄河远上白云间”描绘出远远向西望去的诗人，看到辽阔的高原上，黄河奔腾，如同流入白云中一般。“一片孤城万仞山”，描写了塞上的孤城在高山大河的怀抱中巍然屹立。此时，羌笛声响起，吹奏的恰好是《折杨柳》，这乐声勾起戍卒的离愁。古代有临别时折柳相赠的风俗，“柳”与“留”谐音，赠柳表示留念。后来，诗人用豁达的语调说道：“羌笛何须怨杨柳，春风不度玉门关。”羌笛没必要总是吹奏哀愁的《折杨柳》曲调，本身玉门关就是春风吹不到的地方，哪儿有杨柳可折呢？说“何须怨”，并不是没有怨，而是说怨也没用，这里的诗意更加含蓄，更有深意。

背景

开元（唐玄宗年号，713—741）年间，王之涣与高适、王昌龄到旗亭饮酒，遇梨园伶人唱曲宴乐，三人分别写诗让诸伶去唱，王之涣写下了这首诗。

名家点评

明·杨慎：此诗言恩泽不及于边塞，所谓君门远于万里也。(《升庵诗话》)

孟浩然

孟浩然（689—740），本名浩，以字行，襄州襄阳（今属湖北）人。早年隐居于鹿门山。40岁时游长安，应进士不第。后为荆州从事，患疽卒。

孟浩然与王维齐名，称为“王孟”。其诗内容多以山水田园、隐居逸兴及羁旅行役为主，风格清淡雅致，长于写景，是“山水派”诗人的杰出代表。有《孟浩然集》存世。

二月湖水清，家家春鸟鸣

春中喜王九相寻/晚春

唐·孟浩然

二月湖水清，家家春鸟鸣。
林花扫更落，径草踏还生。
酒伴来相命，开尊共解醒。
当杯已入手，歌妓莫停声。

简析

这首诗的作者和朋友在林边，看着良辰美景开怀畅饮，当时林花已经开到极致，花事荼蘼，灿烂之后就是凋零，此刻林花凋谢，春天也即将逝去，然而在诗人心中，惋惜不太明显，只是希望歌女的歌声莫停，不露痕迹地表达了惜春的心情。不过诗人还是对更加灿烂的生命寄予了希望，这一点从径草的“踏”而“还生”可以看出来。

春眠不觉晓，处处闻啼鸟

春晓

唐·孟浩然

春眠不觉晓，处处闻啼鸟。
夜来风雨声，花落知多少。

注释

晓：天刚刚亮，春晓指春天的早晨。

不觉晓：不知不觉天就亮了。

知多少：这里是不知有多少。

简析

这首诗初读感觉平淡无奇，反复推敲则感觉别有洞天，既悠然美妙，行文又起伏跌宕，韵味十足。诗人想要表现他喜爱春天的感情，却又欲言又止，让读者自己去琢磨。

先是从春鸟的啼鸣、春风春雨的吹打、春花的谢落等声音，让读者通过听觉去感受，然后运用想象转换到视觉，在眼前呈现出一夜风雨后春天的景致，构思独特。本诗语言自然朴素，却耐人寻味，不知不觉又到了一个春天的清晨，不知不觉又开始一次花开花落，想着这一年一度的春色，人生的感慨油然而生，或浓或淡的萦绕心头。

背景

这首诗是唐代诗人孟浩然早年间隐居鹿门山时所作。后来孟浩然入长安谋求官职，考进士不中，还归故乡。

名家点评

明·凌宏宪：真景实情，人说不到。高兴奇语，唯吾孟公。(《唐诗广选》)

明·钟惺、谭元春：通是猜境，妙！妙！(《唐诗归》)

明·唐汝询：昔人谓诗如参禅，如此等语，非妙悟者不能道。(《唐诗解》)

王昌龄

王昌龄（698—757），字少伯，河东晋阳（今山西太原）人，又一说京兆长安（今西安）人，盛唐著名边塞诗人。其诗以七绝见长，尤以登第之前赴西北边塞所作边塞诗最著，情景妙合，意与境浑，有“诗家夫子王江宁”之誉，又被后人誉为“七绝圣手”。

闺中少妇不知愁，春日凝妆上翠楼

闺怨

唐 · 王昌龄

闺中少妇不知愁，春日凝妆上翠楼。
忽见陌头杨柳色，悔教夫婿觅封侯。

注释

闺怨：闺，借指女子。少妇的幽怨。

陌头：路旁。

觅封侯：觅，寻求。为求得封侯而去从军。

简析

这首诗描写了一个孤独的贵妇，当她看到路旁的柳色青葱，盎然春意，突然意识到自己精神世界的空虚，觉得打扮也没有什么意思，现在自己孤零零的，真是后悔当初让丈夫去从军了。整首诗的诗眼是“悔”字。

“闺中少妇不知愁”虽然写的是“闺怨”，却用了这样一个开头，这是为什么呢？原来诗人是为了描述闺中少妇从“不知愁”到“悔”的心理变化过程。“春日凝妆上翠楼”，春日清晨，精心打扮的少妇为了观赏春色而登上高楼，然而“忽见陌头杨柳色”，看到路边的杨柳，她突然想到青春易逝，又联想到与自己千里之隔的丈夫和当年折柳赠别的情形，“悔教夫婿觅封侯”，深深的悔意漫上了心头。

名家点评

清·吴瑞荣：触景怀人，精采迸射，却自大雅。(《唐诗笺要》)

明·周珽：因见柳色而念及夫婿,《卷耳》《草虫》遗意，得之真乎！从来无人道得。(《唐诗选脉会通评林》)

清·黄生：先反唤“愁”字，末句正应。感时恨别，诗人之作多矣，此却以“不知愁”三字翻出后二句，语境一新，情思婉折。闺情之作，当推此首为第一。此即《国风》妇人感时物而思君子之意，含情甚正，含味甚长。唐人绝句实具风雅遗音。(《唐诗摘钞》)

平阳歌舞新承宠，帘外春寒赐锦袍

春宫曲

唐 · 王昌龄

昨夜风开露井桃，未央前殿月轮高。
平阳歌舞新承宠，帘外春寒赐锦袍。

注释

露井：指没有井亭覆盖的井。

未央：未央宫，这里也指唐宫。

平阳歌舞：这里是指平阳公主家中的歌女。

简析

这首诗的题目是“宫曲”，但是全篇并没有怨恨之意，都是失宠者对“昨夜”的追述。

“昨夜风开露井桃”，一开始点明时令，没有井亭覆盖的井旁有棵桃树，在春风的吹拂下绽放着花朵，“未央前殿月轮高”点明地点，未央宫的殿前月华满铺，好一幅春意融融、安详和睦的自然景象。“平阳歌舞新承宠，帘外春寒赐锦袍。”后面两句写了新人的由来和受宠的情形，这个卫子夫原本是平阳公主的歌女，因为善歌善舞，被汉武帝看中，召入宫中，大得宠幸，暖暖的春意中，皇帝担心帘外春寒，所以特赐锦袍，足以见得对其关心。但是从“新承宠”三字，读者不难想到刚刚失宠的旧人，此时此刻，她也许正站在月华如水的幽宫檐下，遥望未央殿，耳听新人的歌舞嬉戏之声，然后暗自伤心。

名家点评

清·王尧衢："不寒而寒，赐非所赐，失宠者思得宠者之荣，而愈加愁恨，故有此词也。"这些说法，尽管不为无见，但此诗的旨义乃叙春宫中未承宠幸的宫人的怨思，从而讽刺皇帝沉溺声色，喜新厌旧。这种似此实彼、言近旨远的艺术手法，正体现出王昌龄七绝诗"深情幽怨，意旨微茫，令人测之无端，玩之不尽"的特色。(《古唐诗合解》)

清·沈德潜："只说他人之承宠，而已之失宠，悠然可会。"(《唐诗别裁集》)

李白

李白（701—762），字太白，号青莲居士，祖籍陇西成纪（今甘肃天水），是唐代最伟大的诗人之一，被后人誉为“诗仙”。李白生活在盛唐时期，他性格豪迈，游踪遍及南北各地，写出大量赞美名山大川的壮丽诗篇。李白的诗作，以乐府、歌行及绝句成就为最高。其歌行，完全打破诗歌创作的一切固有格式，空无依傍，笔法多端，达到了变幻莫测、摇曳多姿的神奇境界；其绝句自然明快，能以简洁明快的语言表达出无尽的情思。其诗风，既豪迈奔放，又清新飘逸，而且想象丰富，意境奇妙。

谁家玉笛暗飞声，散入春风满洛城

春夜洛阳城闻笛

唐・李白

谁家玉笛暗飞声，散入春风满洛城。
此夜曲中闻折柳，何人不起故园情。

注释

玉笛：玉石做成的精美的笛子。

暗飞声：不知从哪里传来的声音。

春风：这里比喻恩泽，融和的气氛。

折柳：即《折杨柳》笛曲，乐府“鼓角横吹曲”调名，内容多写离情别绪。

简析

这是一首描写思乡之情的诗歌，短短的一首七言绝句，写出了热爱故乡的崇高情怀。

从题目上我们就能看出，作者是因为听到笛声有感而发，“洛城”表明是客居，“春夜”点出季节及具体时间。“谁家玉笛暗飞声”从笛声落笔，“散入春风满洛城”，已经是深夜，忽然传来断断续续的笛声，触动了诗人的羁旅情怀。听到笛声以后，诗人触动了乡思的情怀。于是第三句“此夜曲中闻折柳”点出了《折杨柳》曲。古人送别的时候会折柳枝，因为“柳”代表“留”，盼望亲人早日归来。第四句“何人不起故园情”更是进一步点出了思乡情。

背景

唐玄宗开元二十三年（735）李白游洛城，当时的洛阳非常繁华，被称为东都，李白客居洛城，大概正在客栈里，因偶然听到笛声而触发故园情，写下了这首诗。

笛中闻折柳，春色未曾看

塞下曲六首·其一

唐·李白

五月天山雪，无花只有寒。
笛中闻折柳，春色未曾看。
晓战随金鼓，宵眠抱玉鞍。
愿将腰下剑，直为斩楼兰。

注释

折柳：古乐曲名，即《折杨柳》。

金鼓：古代行军打仗，进军时击鼓，退军时鸣金。

简析

这首诗以气壮山河的笔锋和夺人心魄的艺术感召力描写了诗人胸怀建功立业的政治抱负。

首句“五月天山雪”直接扣题，因为农历的五月在内地是盛夏，但李白笔下的塞外五月，却被积雪覆盖。这种同一个季节景物上的反差，被诗人敏锐地捕捉到了。“无花只有寒”，这不仅是写实，更是诗人的内心感受。“笛中闻折柳，春色未曾看”，寒风中传来了《折杨柳》的凄凉曲调，在塞外，春色是看不到的，只能从笛曲当中去感受和回味，然而折柳曲的曲调悲凉，自然包含了一层苍凉寒苦的情调。“晓战随金鼓，宵眠抱玉鞍”，古代出征之前会击钲、鼓，用来节制士卒进退，自此语意转折，已由苍凉变为雄壮。“愿将腰下剑，直为斩楼兰。”借用傅介子慷慨复仇的故事，表现诗人甘愿赴身疆场，为国杀敌的雄心壮志。

背景

这组诗是唐玄宗天宝二年（743），李白初入长安，供奉翰林时所作。

名家点评

清·沈德潜：太白“五月天山雪，无花只有寒。笛中闻折柳，春色未曾看。”一气直下，不就羁缚。(《说诗晬语》)

清·沈德潜：四语直下，从前未有此格（首四句下）。(《唐诗别裁集》)

清·黄叔灿：四十字中，不假雕镂，自然情致。(《唐诗笺注》)

春风不相识，何事入罗帏

春思

唐·李白

燕草如碧丝，秦桑低绿枝。
当君怀归日，是妾断肠时。
春风不相识，何事入罗帏。

注释

燕草：这里是指北部边地，征夫所在的地方。

秦桑：指思妇所在的地方。

怀归：想念家乡。

罗帏：丝织的帘帐，借指闺房。

简析

这首诗写了一位出征军人的妻子，在明媚的春日里想念远方的丈夫，希望战争早日胜利。这里表现出了妇人的思念之苦和对爱情的忠贞。整首诗语言朴实无华，神骨气味高雅浑然，富有民歌特色。

“燕草如碧丝，秦桑低绿枝。”前两句写了相隔遥远的燕秦两地，春色不尽相同，独处秦地的思妇触景生情，想念起远在燕地卫戍的夫君，盼望他早日归来。“当君怀归日，是妾断肠时。”想到丈夫也会思念故乡，心下理应得到安慰，但思妇却觉得断肠，为什么呢？她有着自己的理解，越是阔别情越深。“春风不相识，何事入罗帏。”思妇在春风吹入闺房，掀动罗帐的一刹那的心理活动，更是表现了她忠于所爱、坚贞不二的高尚情操。

背景

作者遇景有感写下了这首诗。

名家点评

元·萧士赟：“燕北地寒，生草迟。当秦地柔桑低绿之时，燕草方生，兴其夫方萌怀归之志，犹燕草之方生。妾则思君之久，犹秦桑之已低绿也。”又注：“燕草如丝，兴征夫怀归；秦桑低枝，兴思妇断肠。末句比喻此心贞洁，非外物所能动。此诗可谓得《国风》不淫不诽之体矣。”（《分类补注李太白诗》）

王维

王维（701—761），字摩诘，号摩诘居士，世称“王右丞”，河东蒲州（今山西运城）人，原籍祁（今属山西）。唐代著名山水诗人和画家。

王维的诗以清新淡远、自然脱俗为主要风格，“诗中有画，画中有诗”。诗名与孟浩然合称“王孟”。现存诗歌400余首。

随意春芳歇，王孙自可留

山居秋暝

唐·王维

空山新雨后，天气晚来秋。
明月松间照，清泉石上流。
竹喧归浣女，莲动下渔舟。
随意春芳歇，王孙自可留。

注释

暝：天色将晚的时候。

空山：形容山之幽静。

竹喧：从竹林中传来的喧笑声。

浣女：洗衣的女子。

随意：任凭。

歇：凋谢，消失。

王孙：贵族子弟，这里指诗人自己。

简析

这是一首脍炙人口的山水诗，诗歌描绘了秋天傍晚山中幽美的景色及恬静的生活情趣。

“空山新雨后，天气晚来秋”，这两句紧扣题意，写一场秋雨过后，万物为之一新，山间显得更加幽静。“明月松间照，清泉石上流”，写山间夜晚的景色。雨后月出，光辉照耀松林之间；石上泉流，似乐声一般美妙。诗人写景如画，随意洒脱，毫不着力。“竹喧归浣女，莲动下渔舟”，由景及人，景人合一。“竹喧”一句，未见其人，先闻其声，少女的欢声笑语给空山增添了生机。“莲动”一句，荷叶向两边披拂，渔舟顺流而下，亦以荷动舟行反衬山间之幽静。“随意春芳歇，王孙自可留”，由写景转入抒情，诗人反用《楚辞·招隐士》的典故，以一个“留”字呼应开篇，表达隐居空山的愿望。

背景

这首诗是王维隐居终南山下辋川别业时所作，表现了诗人对山居生活的喜爱和对高洁理想境界的追求。

名家点评

清·章燮：此诗所谓不着一字，尽得风流者，最为难学。(《唐诗三百首注疏》)

明·吴乔：右丞之“明月松间照，清泉石上流”，极是天真大雅。(《围炉诗话》)

清·张谦宜：“空山”两句，起法高洁，带得通篇俱好。(《茧斋诗谈》)

清·高步瀛：随意挥写，得大自在。(《唐宋诗举要》)

月出惊山鸟，时鸣春涧中

鸟鸣涧

唐·王维

人闲桂花落，夜静春山空。
月出惊山鸟，时鸣春涧中。

注释

鸟鸣涧：鸟儿在山涧中鸣叫。

人闲：没有人声打扰。

桂花：这里指春天开的木樨。

空：空空荡荡。这里是形容山中寂静，无声，好像什么都没有。

简析

“人闲桂花落”，枝叶繁茂，花瓣细小的桂树，如果在夜间凋落，并不容易被人察觉。只有“人闲”这个前提下，细微的桂花从枝上落下，才被觉察到了。“夜静春山空”，诗人不禁要为这夜晚的静谧和由静谧格外显示出来的空寂而惊叹了。这里，诗人的心境和春山的环境气氛，是互相契合而又互相作用的。“月出惊山鸟，时鸣春涧中。”当月亮升起，为夜幕笼罩的空谷带来皎洁银辉的时候，山鸟居然惊觉起来。鸟惊，当然是由于它们已习惯于山谷的静默，似乎连月出也带有新的刺激。此刻，月光的明亮让幽谷前后景象发生了变化。诗中的花落、月出、鸟鸣，这些动的景物，既使诗显得富有生机而不枯寂，同时又通过动，更加突出地显示了春涧的幽静。

背景

这是诗人在开元（唐玄宗年号，713—741）年间游历江南之时，寓居在今绍兴县东南五云溪（即若耶溪）时的作品，王维题友人皇甫岳所居的云溪别墅所写的组诗《皇甫岳云溪杂题五首》的第一首，背景是安定统一的盛唐社会。

名家点评

宋·刘辰翁：皆非着意。顾云：所谓情真者。又云：何限清逸。(《王孟诗评》)

明·高棅：闭关时有此佳趣，亦不寂寂。(《批点唐诗正声》)

明·钟惺、谭元春：钟云：此“惊”字妙（“月出”句下）！钟云：幽寂（末句下）。(《唐诗归》)

清·朱之荆：鸟惊月出，甚言山中之空。(《增订唐诗摘钞》)

红豆生南国，春来发几枝

相思

唐·王维

红豆生南国，春来发几枝。
愿君多采撷，此物最相思。

注释

红豆：又叫相思子，是一种生在江南地区的植物，结出的籽像豌豆而稍扁，呈鲜红色。

简析

这首诗是眷怀友人之作，借咏物而寄相思，全篇不离红豆，用其相思子之名以关合相思之情。

首句“红豆生南国”写出红豆的产地，虽然语句简单，却留下了想象的空间。红豆生在南国，结实鲜红浑圆，晶莹如珊瑚，南方人常用以镶嵌饰物。传说古代有一位女子，因丈夫死在边地，哭于树下而死，化为红豆，于是人们又称呼它为“相思子”。第二句“春来发几枝”用设问寄语，意味深长地寄托情思，语言质朴，而又极富形象性，暗逗情怀。第三句“愿君多采撷”言在此而意在彼，表面似乎叮嘱人相思，背地里却深寓自身相思之重。第四句“此物最相思”只有这红豆才最惹人喜爱，最叫人忘不了，一语双关，既切中题意，又关合情思，妙笔生花，婉曲动人。

背景

这首诗的题目也叫《江上赠李龟年》，可见是为了怀念友人所作。史料记载，天宝末年安史之乱时，李龟年流落江南曾演唱此诗，因此可以考证为天宝年间所作。

名家点评

王文濡：睹物思人，恒情所有，况红豆本名相思，“愿君多采撷”者，即谆嘱无忘故人之意。(《唐诗评注读本》)

俞陛云：红豆号相思子，故愿君采撷，以增其别后感情，犹郭元振诗，以同心花见殷勤之意。(《诗境浅说续编》)

刘永济：此以珍惜相思之情，托之名相思子之红豆也。(《唐人绝句精华》)

杜甫

杜甫（712—770），字子美，自号少陵野老，襄阳人，后徙河南巩县，是唐代伟大的现实主义诗人，与李白合称“李杜”。杜甫生活在唐朝由盛转衰的历史时期，其诗大多是反映当时的社会面貌和民间疾苦，题材广泛，寄意深远，抒发了忧国忧民的情怀，因而被誉为“诗史”。杜诗沉郁顿挫，语言精练，格律严谨，感情真挚，达到了极高的艺术水平。

锦江春色来天地，玉垒浮云变古今

登楼

唐·杜甫

花近高楼伤客心，万方多难此登临。
锦江春色来天地，玉垒浮云变古今。
北极朝廷终不改，西山寇盗莫相侵。
可怜后主还祠庙，日暮聊为《梁父吟》。

注释

客心：这里指客居在外人的心。

锦江：这里是指濯锦江。成都出锦，锦在江中漂洗，色泽更加鲜明，因此命名濯锦江。

玉垒浮云变古今：多变的政局和多难的人生，捉摸不定，就像山上浮云，古往今来一向如此。

北极朝廷终不改，西山寇盗莫相侵：唐代政权稳固，不容篡改，吐蕃还是不要枉费心机，前来侵略了。

可怜后主还祠庙：后主指三国时期刘备的儿子刘禅。曹魏灭蜀，他辞庙北上，成亡国之君。

聊为：不甘心这样做而只能如此。

梁父吟：古乐府中的一首葬歌。

简析

整首诗即景抒怀，描写了山川联系着古往今来社会的变化，谈论人事的同时借助了自然界的景物，全诗将自然景象、国家灾难、个人情思融为一体，语壮境阔，寄意深远，展现出诗人沉郁顿挫的艺术风格。

首联“花近高楼伤客心，万方多难此登临”提挈全篇，在这样一个万方多难的时候，流离他乡的诗人愁思满腹的登上高楼，花伤客心，以乐景写哀情。颔联“锦江春色来天地，玉垒浮云变古今”从诗人登楼所见的自然山水描述山河壮观，写到古今世事的风云变幻，诗人联想到国家动荡不安的局势，从对祖国山河的赞美转而朝向民族历史的追怀。颈联“北极朝廷终不改，西山寇盗莫相侵”议论天下大势，认为大唐帝国气运久远，虽然心中会有焦虑，但充满了坚定信念，认为吐蕃的挑衅是徒劳的。尾联“可怜后主还祠庙，日暮聊为《梁父吟》”咏怀古迹，讽喻当朝昏君，寄托诗人的抱负，感慨自己空怀济世之心，苦无献身之路，只能靠吟诗来聊以自遣。

背景

这首诗是唐代宗广德二年（764）春，杜甫在成都所写。这时诗人已经在四川待了五年，在“万方多难”的情形下，他听说严武又被任命为成都尹兼剑南节度使，非常开心，觉得国家有救了，于是在暮春的一天，登楼凭眺，有感而作此诗。

名家点评

宋·叶梦得：七言难于气象雄浑，句中有力，而纡徐不失言外之意。自老杜“锦江春色来天地，玉垒浮云变古今”与“五更鼓角声悲壮，三峡星河影动摇”等句之后，常恨无复继者。(《石林诗话》)

元·方回：老杜七言律诗一百五十九首，当写以常玩，不可暂废。今“登览”中选此为式。“锦江”“玉垒”一联，景中寓情；后联却明说破，道理如此，岂徒模写江山而已哉！(《瀛奎律髓》)

明·钟惺、谭元春：常人以“花近高楼”，何伤心之有？心亦有粗细雅俗，非其人不知。(《唐诗归》)

舍南舍北皆春水，但见群鸥日日来

客至

唐·杜甫

舍南舍北皆春水，但见群鸥日日来。
花径不曾缘客扫，蓬门今始为君开。

盘飧市远无兼味，樽酒家贫只旧醅。
肯与邻翁相对饮，隔篱呼取尽馀杯。

注释

客至：这里的客是指崔明府。

蓬门：用蓬草编成的门户，借指房子的简陋。

兼味：多种美味佳肴。无兼味，借指菜不多的意思。

樽酒句：古人喜欢饮新酒，杜甫以家贫无新酒而感到歉意。

肯：这里是向客人征询可否。

简析

整首诗洋溢着浓郁的生活气息，表现出诗人质朴的性格和对客人的热情。

“舍南舍北皆春水，但见群鸥日日来。”首句从户外的景色点明了客人到访的时间、地点和诗人当时的心情，临江近水的成都草堂门前绿水缭绕、春意荡漾，诗人做好了迎接访客的准备。“花径不曾缘客扫，蓬门今始为君开。”长满花草的庭院小路从未因为迎客打扫过。一向紧闭的家门，今天才第一次为你崔明府打开。“盘飧市远无兼味，樽酒家贫只旧醅。”诗人舍弃了其他情节，只拿出了最能显示宾主情分的生活场景，重笔浓墨，着意描画，读者似乎可以看到诗人延客就餐、频频劝饮的情景，听到他抱歉酒菜欠丰盛的话语。“肯与邻翁相对饮，隔篱呼取尽馀杯。”诗人高声呼喊，请邻翁来作陪共饮，说明两个人越喝酒意越浓，越喝兴致越高，兴奋、欢快，气氛相当热烈。

背景

诗人入蜀之初，在成都西郊浣花溪头盖了一座草堂，暂时定居，这首诗是当时有客人到访时写下的。

名家点评

明·钟惺、谭元春：钟云：二语严，门无杂宾，意在言外矣（“花径不曾”二句下）。谭云：“肯与”二字形容贵客豪宾，入妙（“肯与邻翁”二句下）。（《唐诗归》）

明·李沂：天然风韵，不烦涂抹。（《唐诗援》）

明·陆时雍：村朴趣，村朴语。（《唐诗镜》）

清·黄生：经时无客过，日日有鸥来。语中虽见寂寞，意内愈形高旷。前半见空谷足音之喜，后半见贫家真率之趣。（《唐诗摘钞》）

画图省识春风面，环珮空归夜月魂

咏怀古迹·其三

唐·杜甫

群山万壑赴荆门，生长明妃尚有村。
一去紫台连朔漠，独留青冢向黄昏。
画图省识春风面，环珮空归夜月魂。
千载琵琶作胡语，分明怨恨曲中论。

注释

明妃：这里指王昭君。

朔漠：北方的沙漠。

青冢：这里指王昭君的坟墓。

春风面：这里形容王昭君的美貌。

简析

这是组诗《咏怀古迹五首》中的第三首，诗人借吟咏昭君村来怀念王昭君，从描写王昭君的遭遇，展现出昭君对故国的思念与怨恨，在诗人看来，昭君虽死，魂魄还要归来，这也暗示了诗人自己的身世和爱国之情。

“群山万壑赴荆门，生长明妃尚有村”，首句点明昭君村所在的地方。“一去紫台连朔漠，独留青冢向黄昏”？简短而有力的两句诗，写尽昭君一生的悲剧。“画图省识春风面，环珮空归月夜魂”，进一步写了昭君的身世家国之情。“千载琵琶作胡语，分明怨恨曲中论”，最后借由千载作胡音的琵琶曲调，点明了昭君“怨恨”的主题。

背景

杜甫远离故乡，身在夔州，因为这里是王昭君的故乡，作者触景生情，写下了这首诗。

渭北春天树，江东日暮云

春日忆李白

唐·杜甫

白也诗无敌，飘然思不群。
清新庾开府，俊逸鲍参军。
渭北春天树，江东日暮云。
何时一尊酒，重与细论文。

注释

不群：高出于同辈。

论文：六朝以来，通称诗为文。这里指的是论诗。

简析

这是一首怀念李白的五言律诗，主要从怀念的角度来落笔，前面四句一气呵成，全是对李白诗歌的盛赞。第一句称赞他的诗歌冠绝当代，第二句诠释前面的内容，说他写出的诗出类拔萃，无人可比，是因为思想情趣卓异不凡。紧接着，诗人又赞美李白，说他的诗像庾信那样清新，像鲍照那样俊逸。整首诗全是溢美之词，但毫不造作，笔力峻拔，热情洋溢。从这些坦荡率真的赞誉中，我们不难看出诗人对李白的诗作十分钦佩，对这份友谊十分珍惜。

背景

这是唐玄宗天宝五载（746）或天宝六载（747）春杜甫居长安时所作。

名家点评

明·王嗣奭：公怀太白，欲与论文也。公与白同行同卧，论文旧矣。然于别后另有悟人。因忆向所与言，犹粗而未精，思重与论之。此公之笃于交谊也。(《杜臆》)

清·黄生：五句寓言己忆彼，六句悬度彼忆己，七八遂明言之。(《杜诗说》)

国破山河在，城春草木深

春望

唐·杜甫

国破山河在，城春草木深。
感时花溅泪，恨别鸟惊心。
烽火连三月，家书抵万金。
白头搔更短，浑欲不胜簪。

注释

草木深：指人烟稀少。

感时：为国家的时局而感伤。

簪：束发的首饰。古代男子小时候蓄长发，成年后在头顶把头发束起来，用簪子横插住，防止散开。

简析

这首诗由开篇描绘国都的萧索，到触目所及的春花流泪，鸟鸣怨恨，写到战事持续很久，家里音信全无，最后写到自己的哀怨和衰老，环环相生、层层递进，创造了一个能够引发人们共鸣、深思的境界。

背景

这首诗歌写于至德二年春，当时的杜甫因为听说太子李亨即位，想要投奔肃宗朝廷，途中不幸被叛军俘获，解送至长安，后因官职卑微才未被囚禁。身陷囹圄的杜甫目睹长安城一片萧条零落的景象，百感交集，写下了这首传颂千古的名作。

名家点评

北宋·司马光：“古人为诗，贵于意在言外，使人思而得之，故言之者无罪，闻之者足以耐也。近世诗人，唯杜子美最得诗人之体，如‘国破山河在，城春草木深。感时花溅泪，恨别鸟惊心’。山河在，明无余物矣；草木深，明无人矣；花鸟，平时可娱之物，见之而泣，闻之而悲，则时可知矣。他皆类此，不可遍举。”(《温公续诗话》)

明·王嗣奭：“落句方思济世，而自伤其老。”(《杜臆》)

元·方回：“此第一等好诗。想天宝、至德以至大历之乱，不忍读也。”(《瀛奎律髓》)

郁达夫：诗之五：“一纸家书抵万金，少陵此语感人深。”(《奉赠》)

白日放歌须纵酒，青春作伴好还乡

闻官军收河南河北

唐·杜甫

剑外忽传收蓟北，初闻涕泪满衣裳。
却看妻子愁何在，漫卷诗书喜欲狂。
白日放歌须纵酒，青春作伴好还乡。
即从巴峡穿巫峡，便下襄阳向洛阳。

注释

官军：唐朝的军队。

青春：这里指春天的景物。

作伴：与妻儿一同。

简析

这首诗是典型的叙事抒情诗，当时延续七年多的“安史之乱”终于结束，作者听说蓟北光复，想到可以挈眷还乡，喜极而涕。全诗情真意切，主题是抒发自己听到捷报，急切想要回家的喜悦之情。

“剑外忽传收蓟北”，恰当地表现了捷报的突然。对于多年漂泊在外，备尝辛苦的诗人来说，突然听说可以回家，惊喜之情溢于言表，“初闻涕泪满衣裳”，“初闻”紧承“忽传”，“忽传”表现捷报来得太突然，“涕泪满衣裳”则以形传神，表现突然传来的捷报在“初闻”的一刹那所激发的感情波涛。“却看妻子愁何在，漫卷诗书喜欲狂。”此时，他突然想到多年来和他一起经受苦难的妻子和儿女，漫不经心地收拾行李，心里欣喜异常。“白日放歌须纵酒，青春作伴好还乡”，对于已经年老的诗人来说，难得放歌，也不宜“纵酒”，但如今这种情形下，什么都顾不得了，弹指之间，心已经回到了故乡。“即从巴峡穿巫峡，便下襄阳向洛阳。”读者眼前似乎出现了从巴峡穿巫峡，便下襄阳向洛阳的急速飞驰的画面，此刻诗人的惊喜达到高潮，全诗也至此结束。

背景

广德元年（763）冬季唐军在洛阳附近的衡水打了一个大胜仗，收复了洛阳和郑（今河南郑州）、汴（今河南开封）等州，第二年持续七年多的“安史之乱”宣告结束，52岁的杜甫听说消息后欣喜若狂，写就了这首诗。

名家点评

明·王嗣奭：说喜者云喜跃，此诗无一字非喜，无一字不跃。其喜在“还乡”，而最妙在束语直写还乡之路，他人决不敢道。(《杜臆》)

明·黄周星：写出意外惊喜之况，有如长比放流，骏马注坡，直是一往奔腾，不可收拾。(《唐诗快》)

清·黄生：杜诗强半言愁，其言喜者，惟《寄弟》数首，及此作而已。言愁者使人对之欲哭，言喜者使人对之欲笑。盖能以其性情，达之纸墨，而后人之性情，类为之感动故也。使舍此而徒讨论其格调，剽拟其字句，抑末矣。(《杜诗说》)

映阶碧草自春色，隔叶黄鹂空好音

蜀相

唐·杜甫

丞相祠堂何处寻？锦官城外柏森森。
映阶碧草自春色，隔叶黄鹂空好音。
三顾频烦天下计，两朝开济老臣心。
出师未捷身先死，长使英雄泪满襟。

注释

蜀相：指三国蜀汉的丞相诸葛亮。

锦官城：成都的别名。

森森：茂盛繁密的样子。

三顾频烦天下计：刘备为统一天下而三顾茅庐，向诸葛亮请教。

两朝开济：诸葛亮辅助刘备开创帝业，又扶助刘禅，经历了父子两朝。

出师未捷身先死，长使英雄泪满襟：诸葛亮多次出师伐魏，没有取得最终的胜利就先去世了，这让后世的英雄泪满衣襟。

简析

这是一首咏叹历史的七言律诗，作者借着游览武侯祠，称颂丞相辅佐两朝，同时对他出师未捷身先死表示惋惜，既有尊蜀的正统观念，又有才困时艰的感慨。

在古典诗歌中，经常会以问答起句，这首诗也是如此，

“丞相祠堂何处寻？锦官城外柏森森。”一问一答，抒发了诗人感情的起伏不平，形成了浓重的感情氛围。第二联“映阶碧草自春色，隔叶黄鹂空好音”对景物的描绘色彩鲜明，静动相衬，恬淡自然，无限美妙，展现出武侯祠内春意盎然的景象。第三联“三顾频烦天下计，两朝开济老臣心”，浓墨重彩却言简意赅地概括了诸葛亮的一生，最后一联“出师未捷身先死，长使英雄泪满襟”咏叹了诸葛亮万般努力却没有成就功业的历史不幸，让后世的英雄感慨不已。

背景

这首千古绝唱写于公元760年（唐肃宗上元元年）春天，杜甫刚到成都的时候，当时他刚刚结束了颠沛流离的生活，定居在浣花溪畔。

名家点评

宋·半山老人（王安石）《题双庙诗》云：“北风吹树急，西日照窗凉。”细详味之，其托意深远，非止咏庙中景物而已……此深得老杜句法。如老杜题蜀相庙诗云：“映阶碧草自春色，隔叶黄鹂空好音。”亦自别托意在其中矣。(《苕溪渔隐丛话》)

元·方回：子美流落剑南，拳拳于武侯不忘。其《咏怀古迹》，于武侯云：“伯仲之间见伊吕，指挥若定失萧曹。”及此诗，皆善颂孔明者。(《瀛奎律髓》)

明·李沂：起语萧散悲凉，便堪下泪。(《唐诗援》)

迟日江山丽，春风花草香

绝句·迟日江山丽

唐·杜甫

迟日江山丽，春风花草香。
泥融飞燕子，沙暖睡鸳鸯。

注释

迟日：春天每天白昼的时间越来越长，太阳落下的时间慢慢变迟了。

泥融：泥土滋润、湿润。

简析

这首诗是极富诗情画意的佳作，对仗工整，自然流畅，别具风格。

首句“迟日江山丽”从大处着墨，描写了在初春灿烂的阳光下，浣花溪一带明净绚丽的春景，很有画面感。“迟日”突出了初春的阳光，以统摄全篇。第二句“春风花草香”进一步以和煦的春风和初绽的百花，以及如茵的芳草，浓郁的芳香来展现明媚的大好春光，让读者有身临其境的感觉。第三句“泥融飞燕子”，春暖花开，泥融土湿，燕子忙碌地飞来飞去，衔泥筑巢。充满生机勃勃的画面就这样展现出来了。第四句“沙暖睡鸳鸯”，这种静态景物的描绘，让人眼前展现出一幅春日融融，日丽沙暖，一对鸳鸯卧在溪边的沙洲上静睡不动的画面。

背景

这首诗是杜甫在公元759年，感受到政治黑暗，毅然辞官，一路西行，在浣花溪畔居住的时候写就的。

名家点评

明·王嗣奭："余曰：上二句两间（指天地间）莫非生意，下二句见万物莫不适性。岂不足以感发吾心之真乐乎？"(《杜臆》)

清·陶虞开：诗人笔法高妙，能"以诗为画"。(《说杜》)

岑参

岑参（约715—770），荆州江陵（现湖北江陵）人，唐代著名的边塞诗人，与高适并称“高岑”。其诗的主要思想倾向是慷慨报国的英雄气概和不畏艰难的乐观精神。艺术上气势雄伟，想象丰富，造意新奇，风格峭拔。他擅长以七言歌行描绘壮丽多姿的边塞风光，抒发豪放奔腾的感情，代表作有《白雪歌送武判官归京》等。

忽如一夜春风来，千树万树梨花开

白雪歌送武判官归京

唐·岑参

北风卷地白草折，胡天八月即飞雪。
忽如一夜春风来，千树万树梨花开。
散入珠帘湿罗幕，狐裘不暖锦衾薄。
将军角弓不得控，都护铁衣冷难着。
瀚海阑干百丈冰，愁云惨淡万里凝。
中军置酒饮归客，胡琴琵琶与羌笛。
纷纷暮雪下辕门，风掣红旗冻不翻。

轮台东门送君去，去时雪满天山路。
山回路转不见君，雪上空留马行处。

注释

胡天：塞北的天空。

罗幕：用丝织品做成的帐篷，非常华美。

锦衾薄：丝绸的被子（因为寒冷）显得单薄，形容天气寒冷。

角弓：两端用兽角装饰的硬弓。

风掣：红旗因为下雪被冻住，风也很难吹动。

简析

这首诗以一天的雪景变化来记叙送别归京使臣的过程，文思开阔，结构缜密。

全诗分为三个部分，第一部分描写了作者早晨醒来后，观察到的美丽雪景和感受到的突如其来的寒冷。第二部分描写了雪天的雄伟壮阔和饯别宴会的盛况。第三部分写出了傍晚时分，送别友人踏归途。

全诗不断变换白雪画面，化景为情，慷慨悲壮，浑然雄劲，以奇丽多变的雪景，纵横矫健的笔力，开阖自如的结构，抑扬顿挫的韵律，准确、鲜明、生动地制造出奇中有丽、丽中有奇的美好意境，抒发出作者对友人的恋恋不舍和因为离别而产生的惆怅之情。

背景

这是岑参边塞作品中出彩的一篇，创作于他第二次出塞的阶段，当时他很受安西节度使封常清的器重，他的大多数边塞诗成于这一时期。

名家点评

清·方东树：岑嘉州《白雪歌送武判官归京》奇峭。起飒爽，“忽如”六句，奇才奇气奇情逸发，令人心神一快。须日诵一过，心摹而力追之。“瀚海”句换气，起下“归客”。(《昭昧詹言》)

清·范大士：洒笔酣歌，才锋驰突。(《历代诗发》)

清·张文荪：嘉州七古，纵横跌荡，大气盘旋，读之使人自生感慨。有志者，诚宜留心此种。看他如此杂健，其中起伏转折一丝不乱，可谓刚健含婀娜。后人竞学盛唐，能有此否？(《唐贤清雅集》)

刘长卿

刘长卿（约709—785），字文房，河间（今属河北）人。天宝进士，曾任监察御史、长洲县尉，官至随州刺史，世称刘随州。

刘诗以五言诗见长，被称为“五言长城”。诗作内容多写政治失意之感，也有反映离乱之作，善于描摹自然景物，风格简约恬淡。有《刘随州诗集》。

老至居人下，春归在客先

新年作

唐 · 刘长卿

乡心新岁切，天畔独潸然。
老至居人下，春归在客先。
岭猿同旦暮，江柳共风烟。
已似长沙傅，从今又几年。

注释

天畔：天边，指潘州南巴，即今广东茂名。

居人下：官职在别人之下。

岭：指五岭。作者当时被贬潘州南巴，路过这里。

长沙傅：指贾谊，因为贾谊曾受谗被贬为长沙王太傅，这里借以自喻。

简析

这首诗抒发了诗人无限的离愁和失意及悲愤的感情。唐代时期长沙以南地域很荒凉，潘州一带的艰苦可想而知，诗人因为受到冤屈从鱼肥水美的江南苏州被贬斥到荒僻的潘州，心中的委屈不言而喻。

首联中，诗人一句“乡心新岁切，天畔独潸然”，写出自己在新年与亲人们相隔千里，思乡之心愈加迫切。在别人欢乐团聚的时刻，自己却独自悲伤，忍不住潸然泪下。“老至居人下，春归在客先”，在前人薛道衡“人归落雁后，思发在花前”的思乡前提下，又融入了仕宦身世之感，增强了情感的厚度。“岭猿同旦暮，江柳共风烟”描绘了天畔荒山水乡节序风光。随后，诗人在抑郁失落的情绪中发出了感慨：“已似长沙傅，从今又几年？”全诗戛然而止，意境深远。

背景

这首诗是刘长卿因冤屈被贬为南巴尉，迁至潘州次年的新年，也就是唐肃宗乾元二年（759）所作。

名家点评

元·方回：三、四费无限思索乃得之，否则有感而自得。（《瀛奎律髓》）

清·许印芳：三、四细炼，初唐无此巧密。（《瀛奎律髓汇评》）

明·陆时雍：刘长卿体物情深，工于铸意，其胜处有迥出盛唐者。“黄叶减余年”的是庾信、王褒语气。“老至居人下，春归在客先”，“春归”句何减薛道衡《人日思归》语！（《诗镜总论》）

韦应物

韦应物（737—792），京兆长安（今陕西西安）人，唐代著名山水田园诗人。曾任滁州、江州、苏州刺史，世称韦苏州或韦江州。其创作受陶渊明、谢灵运、王维、孟浩然等的影响较大，善于描写景色和隐逸生活，感受细腻，自然清新。有《韦苏州集》等。

春潮带雨晚来急，野渡无人舟自横

滁州西涧

唐·韦应物

独怜幽草涧边生，上有黄鹂深树鸣。
春潮带雨晚来急，野渡无人舟自横。

注释

独怜：唯独喜欢。
幽草：幽谷里的小草。幽，一作“芳”。
春潮：春天的潮汐。
横：随意漂浮。

简析

这是一首写景的诗，诗人描写了春游滁州西涧时欣赏美景和傍晚雨中渡口所见，进而抒发自己怀才不遇的心情。

“独怜幽草涧边生，上有黄鹂深树鸣”，写出了春天的幽草和黄鹂，并告诉了读者自己的偏好，喜欢幽草而轻黄鹂，以喻乐贪守节，不高居媚时；“春潮带雨晚来急，野渡无人舟自横”，傍晚的春雨来得急，渡口的舟没有人照看，在水中随意漂浮，暗指自己不在其位，不得其用的无可奈何。诗的前两句色彩清丽，乐声动听，景致优雅，但后两句则转而变得忧伤，将自己的情绪涵盖其中，引人思索。

背景

这首诗一般被认为是在公元781年（唐德宗建中二年）韦应物任滁州刺史时所作。

名家点评

明·高棅：沉密中寓意闲雅，如独坐看山，澹然忘归，诗之绝佳者。谢公曲意取譬、何必乃尔！（《批点唐诗正声》）

清·王士祯：西涧在滁州城西……昔人或谓西涧潮所不至，指为今六合县之芳草涧，谓此涧亦以韦公诗而名，滁人争之。余谓诗人但论兴象，岂必以潮之至与不至为据？真痴人前不得说梦耳！（《带经堂诗话》）

卢纶

卢纶（739—799），字允言，唐代蒲州（今山西永济）人，宦途不顺，多有波折，官至检校户部郎中。

卢纶以诗歌成就位居“大历十才子”之首，诗多送别赠答之作，其边塞诗雄浑慷慨，广为传颂，其并有现实题材诗作。有《卢户部诗集》，《全唐诗》存诗五卷。

家在梦中何日到，春生江上几人还

长安春望

唐·卢纶

东风吹雨过青山，却望千门草色闲。
家在梦中何日到，春生江上几人还。
川原缭绕浮云外，宫阙参差落照间。
谁念为儒逢世难，独将衰鬓客秦关。

注释

“东风”句：出自陶渊明《读山海经》“微雨从东来，好风与之俱”。

川原：郊外的河流原野，指代家乡。

逢世难：遭逢乱世。

简析

这首诗的开篇就紧扣题目，“东风吹雨过青山，却望千门草色闲”。诗人的家乡在河中蒲，位于长安的东面，因此他说东风是从家乡吹来的，自然而然地引出了思乡之情。“家在梦中何日到，春生江上几人还。”颔联正面抒发了思乡望归的感情，由春望产生的联想，到恨自己不能回去，只能在梦中思念故乡，这里隐约还有对他人能够回家的嫉妒和羡慕，心理描写十分到位。“川原缭绕浮云外，宫阙参差落照间。”颈联转而写景，景中含情，极目远眺，家乡远在浮云之外，遥不可及，眼前长安的宫殿错落有致，笼罩在夕阳中，却让人觉得有些衰飒。“谁念为儒逢世难，独将衰鬓客秦关。”尾联收束到感时伤乱和思家盼归的主题，想到自己一生的坎坷，独自客居长安，诗人开始自怜起来。

名家点评

元·方回：能言久客都城之意。(《瀛奎律髓》)

唐·李颀：中唐中宽徐者（首二句下）。(《批点唐音》)

明·唐汝询：此长安遭吐蕃之乱，代宗幸陕，纶时在京而作。(《唐诗解》)

韩翃

韩翃，生卒年不详。南阳（今属河南）人。唐天宝进士，官至中书舍人。“大历十才子”之一。诗多为酬赠之作。有《韩君平诗集》。

春城无处不飞花，寒食东风御柳斜

寒食/寒食日即事

唐·韩翃

春城无处不飞花，寒食东风御柳斜。
日暮汉宫传蜡烛，轻烟散入五侯家。

注释

春城：这里是指暮春时的长安城。

寒食：清明节前两天，只吃冷食，所以称寒食。

传蜡烛：寒食节不允许点火，但皇帝的宠臣可以得到恩赐的蜡烛。

五侯：汉成帝时封王皇后的五个兄弟为五侯，受到特别的恩宠。这里泛指天子宠爱的大臣。

简析

这首诗用白描手法写实，刻画皇室的气派，充溢着对皇都春色的陶醉和对盛世承平的歌咏。

前两句“春城无处不飞花，寒食东风御柳斜”，描写了暮春时节，白日里整个长安城柳絮飞舞，落红无数的迷人春景和皇宫园林中的风光。第二句“寒食东风御柳斜”写了寒食日家家户户折柳插门，清明节皇帝降旨取榆柳之火赏赐近臣，以示恩宠，诗人则在无限的春光中剪取了随东风飘拂的“御柳”。后面两句“日暮汉宫传蜡烛，轻烟散入五侯家”，描写夜晚景象，天还没黑，宫里就忙着分送蜡烛，除了皇宫，贵近宠臣也可得到这份恩典。诗人用白描手法，生动地描画出一幅夜晚走马传烛图，很有画面感。诗人借古讽今，含蓄表达了对宦官得宠专权的腐败现象的嘲讽。

背景

寒食是中国古代的传统节日，中唐之后，几任昏君宠幸宦官，以至于宦官专权，败坏朝政，正直的诗人借由寒食节的习俗，委婉地借古讽今。

名家点评

清·吴乔：唐之亡国，由于宦官握兵，实代宗授之以柄。此诗在德宗建中初，只“五侯”二字见意，唐诗之通于《春秋》者也。(《围炉诗话》)

清·沈德潜：“五侯”或指王氏五侯，或指宦官灭梁冀之五侯，总之先及贵近家也。(《唐诗别裁集》)

清·宋宗元：不用禁火而用赐火，烘托入妙（末二句下）。(《网师园唐诗笺》)

孟郊

孟郊（751—814），字东野，湖州武康（今浙江德清）人。早年困顿，漫游于湖北、湖南、广西等地。屡试不第，46岁中进士，任溧阳县尉。在阌乡（今河南灵宝）暴疾而亡。

孟郊作诗苦心孤诣，多穷愁之词，感伤自身遭遇，属苦吟诗派。孟郊与贾岛齐名，有“郊寒岛瘦”之称。有《孟东野诗集》。

春风得意马蹄疾，一日看尽长安花

登科后

唐 · 孟郊

昔日龌龊不足夸，今朝放荡思无涯。
春风得意马蹄疾，一日看尽长安花。

注释

龌龊：指思想上的局促和处境的不如意。

放荡：自由自在，无所拘束。

简析

46岁终于考取进士的孟郊，自以为从此可以别开生面、风云际会、龙腾虎跃，满心按捺不住欣喜得意之情，写下了这首诗，并为后人留下了“春风得意”与“走马观花”两个成语。

“昔日龌龊不足夸，今朝放荡思无涯”，这首诗的前两句将诗人过去失意落寞的处境和现在考取功名的得意情境进行今昔对比，就像一下子从苦海中超脱出来，登上了欢乐的顶峰。“春风得意马蹄疾，一日看尽长安花。”诗人心花怒放，迎着春风策马奔驰在鲜花烂漫的长安道上，神采奕奕。偌大的长安城，春花无数，却能够一日看尽，这种写法活灵活现地描绘出高中之后的得意之态，酣畅淋漓地抒发了得意之情，明朗畅达而又别有情韵。全诗节奏轻快，一气呵成，在孟郊所有诗作中别具一格。

背景

这是公元796年（唐贞元十二年），年届46岁的孟郊考取进士后写成的。

名家点评

宋·周紫芝：余尝读孟东野下第诗云：“弃置复弃置，情如刀剑伤。”及登第，则自谓“春风得意马蹄疾，一日看尽长安花。”一第之得失，喜忧至于如此，宜其虽得之而不能享也。（《竹坡诗话》）

宋·黄彻：乐天及第后，阳觐留别同年云：“擢第未为贵，拜亲方始荣。”此毛义得檄而与之意也。论者以“春风得意马蹄疾”绝非孟郊语，其气格亦不类。而白公亦有“得意减别恨，半酣轻远程。翩翩马蹄疾，春日阳乡情”。此又不可晓也。(《巩溪诗话》)

明·陆时雍：末二句似古诗语，不类绝句常调。(《唐诗镜》)

青春须早为，岂能长少年

劝学

唐·孟郊

击石乃有火，不击元无烟。
人学始知道，不学非自然。
万事须己运，他得非我贤。
青春须早为，岂能长少年。

注释

道：事物的法则、规律。这里是指各种知识。

岂：难道，岂能。

简析

这首诗题目中的“劝”是勉励的意思，早在先秦晚期，荀况的《荀子》首篇就是《劝学》，如今孟郊用同一题目作诗，语言明白淡素，力避平庸浅易，独辟蹊径，描绘了劝学的苦心。

“击石乃有火，不击元无烟。”诗人运用当时人们日常生活不可或缺的击石取火做比喻，指出燧石只有经过敲击，才能产生火星，不敲击连烟都没有。“人学始知道，不学非自然。”同样的道理，人只有学习才能懂得做人的道理和师法自然。“万事须己运，他得非我贤。”这里强调了任何事情都必须自己努力，别人的收获永远都不是自己的。结句“青春须早为，岂能长少年”勉励世上的人要抓住一生中最宝贵的时间，在学习和运用上下功夫，不要荒废了学业。

谁言寸草心，报得三春晖

游子吟

唐·孟郊

慈母手中线，游子身上衣。
临行密密缝，意恐迟迟归。
谁言寸草心，报得三春晖。

注释

游子：古代时远游旅居的人。

临：即将，将要。

谁言：一作“难将”。言：说。寸草：小草。这里比喻子女。心：语义双关，既指草木的茎干，也指子女的心意。

三春晖：三春：旧称农历正月为孟春，二月为仲春，三月为季春，合称三春。春天的阳光，这里指慈母之恩。

简析

这首诗写出了作者对于慈母发自肺腑的爱。

“慈母手中线，游子身上衣”，用“线”和“衣”两件非常普通的物品将“慈母”和“游子”紧密联系在一起，写出了母子相依的骨肉深情。“临行密密缝，意恐迟迟归”，通过从慈母为游子赶制出行衣服的动作和心理描绘，深化骨肉之情和恋恋不舍。母亲担心儿子久久不归，纵有万般不舍，但还是千针万线“密密缝”。全诗在各种日常生活的细节中，弥漫着伟大的母爱。前面四句采用白描手法，不作任何修饰，但慈母的形象真切感人。最后两句“谁言寸草心，报得三春晖”，是作者直抒胸臆，对母爱做尽情的讴歌。这里采用了比兴手法，儿女如同小草一般，母爱则如春日的阳光。

背景

孟郊年轻时四处漂泊，贫困潦倒，46岁才得到了一个溧阳县尉的卑职，结束了长年的漂泊流离生活，将母亲接到身边，然后写下这首诗。

名家点评

明·钟惺、谭元春：钟云：仁孝之言，自然风雅。(《唐诗归》)

明·周珽：周敬曰：亲在远游者难读。顾璘曰：所谓雅音，此等是也。(《唐诗选脉会通评林》)

清·张揔：南村曰：二语婉至多风，使人子读之，爱慕油然而生，觉“昊天罔极”尚属理语（末二句下）。(《唐风怀》)

杨巨源

杨巨源，字景山，后改名巨济。河中治所（今山西永济）人。贞元五年（789）进士。初为张弘靖从事，由秘书郎擢太常博士，迁虞部员外郎。出为凤翔少尹，复召授国子司业。长庆四年（824），辞官退休，执政请以为河中少尹，食其禄终身。关于杨巨源生年，据方崧卿《韩集举正》考订。韩愈《送杨少尹序》作于长庆四年，序中述及杨有“年满七十”“去归其乡”语。由此推断，杨当生于755年，卒年不详。另外同名的还有宋代抗金名将。

诗家清景在新春，绿柳才黄半未匀

城东早春

店　杨巨源

诗家清景在新春，绿柳才黄半未匀。
若待上林花似锦，出门俱是看花人。

注释

城：这里指唐代京城长安。

诗家：这里是指诗人的统称。

才黄：刚露出嫩黄的柳芽。

看花人：此处是双关，指进士及第者。

简析

“诗家清景在新春”，诗人在城东游赏时不仅看到了清新可喜的春色，也提出这种刚刚显露出来的景色，并没有引起人们的注意，所以环境还很清幽。“绿柳才黄半未匀”，这里开始对早春进行具体的描写，柳叶新萌，其色嫩黄，诗人抓住了“半未匀”这个细节，让人似乎看到了绿枝上刚刚露出的几颗嫩黄的柳叶，充满着生机。“若待上林花似锦”，等到繁华似锦的时候，清幽肯定是不在了，因为“出门俱是看花人”，景色秾艳已极的时候，环境必定是喧闹的，这种景色人尽皆知，早就没有了新鲜的感觉。从这里更加看出，诗人对于早春清新之景的喜爱。

背景

杨巨源曾在长安任职多年，历任太常博士、礼部员外郎、国子司业等职，这是他在唐代京城长安任职期间所作。

武元衡

武元衡（758—815），字伯苍，河南缑氏（今河南偃师缑氏镇）人，官居比部员外郎、御史中丞等职，后出任剑南西川节度使，元和八年复任宰相。元和十年，被平卢节度使李师道所派刺客刺杀。其诗以辞藻绮丽、精妙见长，著有《武元衡集》。

春风一夜吹乡梦，又逐春风到洛城

春兴

唐·武元衡

杨柳阴阴细雨晴，残花落尽见流莺。
春风一夜吹乡梦，又逐春风到洛城。

简析

这首诗集春景、乡思、归梦于一身，所写之事原本十分寻常，不过是看到春景后触动乡思，在春夜做了一个还乡之梦，但诗人却从这平常的小事中用艺术的想象力提炼出了一首美好的诗。

前两句描写异乡的暮春，隐含着故乡春色也必将逝去的感慨，后两句诗人展开丰富的想象，认为春风是富有感情而且善解人意的，似乎能够读懂诗人的心事，特地为他吹送思乡的美梦。整首诗贯穿着即将逝去的春景，构思精妙，语言平白，把让人黯然神伤的思乡之情融汇于即将逝去的春景当中，透露出一种温情的惆怅。

背景

这首诗题作“春兴”，应该是诗人由春日景物而引起的种种情思。

名家点评

清·黄叔灿：旅情黯黯，春梦栩栩，笔致入妙。(《唐诗笺注》)

俞陛云：诗言春尽花飞，风吹乡梦，虽寻常意境，情韵自佳。三、四句“乡梦”“东风”，循环互用，句法颇新。(《诗境浅说续编》)

韩愈

韩愈（768—824），字退之，河南河阳（河南孟州）人。韩愈是唐代古文运动的倡导者，被后人尊为“唐宋八大家”之首，与柳宗元并称“韩柳”。他提出的“文道合一”“气盛言宜”“务去陈言”“文从字顺”等散文的写作理论，对后人很有指导意义。韩愈的诗，风格多样，气势雄伟，想象丰富，形象奇特。

白雪却嫌春色晚，故穿庭树作飞花

春雪

唐·韩愈

新年都未有芳华，二月初惊见草芽。
白雪却嫌春色晚，故穿庭树作飞花。

注释

芳华：吐露芬芳的花朵。

嫌：嫌弃；怨恨。

简析

这首诗于常景中翻出新意，工巧奇警，是一篇别开生面的佳作。

首句“新年都未有芳华，二月初惊见草芽”，指的是立春时节，芬芳的鲜花还没有绽放，漫漫寒冬中的人久盼春色，非常焦急。“白雪却嫌春色晚，故穿庭树作飞花”，这两句表面上是说雪花漂亮，冒充鲜花，实际上描写的是人早晚都能等到久违的春色，从二月的草芽中窥探出春天的身影，但白雪却等不及，纷纷扬扬地赶来装点新春。虽然真正的春色还没有来，这未免让人遗憾，但穿树飞花的春雪却给了人们春的气息。

背景

这首诗是韩愈在元和十年（815）创作的，当时韩愈在朝任史馆修撰，知制诰。对于北方人来说，新年没有鲜花很正常，但到过岭南的韩愈却觉得春来得晚了，因此创作了此诗。

名家点评

清·朱彝尊：常套语，然调却流快。(《批韩诗》)

刘公坡：作诗实写则易落板滞，空翻则自见灵动。唐诗中韩愈《春雪》一首，可谓极空翻之能事矣。(《学诗百法》)

朱宝莹：此诗首句、二句从“春”字咀嚼而出，看似与雪无涉，而全为三、四句作势，几于无处不切“雪”字。三、四句兜转，备具雪意、雪景，不呆写雪，而雪字自见，不死做春，而春字自在。四句一气相生，以视寻常斧凿者，徒见雕斫之痕，其相去远矣。(《诗式》)

最是一年春好处，绝胜烟柳满皇都

早春呈水部张十八员外·其一

唐·韩愈

天街小雨润如酥，草色遥看近却无。
最是一年春好处，绝胜烟柳满皇都。

注释

呈：恭敬地送上。

水部张十八员外：指张籍，因为他在同族兄弟中排行第十八，曾任水部员外郎。

天街：天子脚下的街道，指京城街道。

润如酥：酥，动物的油，这里形容春雨的细腻。

皇都：帝都，这里指长安。

简析

这是一首描写和赞美早春美景的七言绝句，诗人摄早春之魂，给读者以无穷的美感趣味，甚至是绘画所不能及的。这种笔法如果没有锐利深细的观察力和高超的技能，是不可能驾驭的。

首句“天街小雨润如酥”描写初春的小雨如同动物的油脂一样细滑润泽，这种形容准确地点出了它的特点，遣词造句优美独特。第二句“草色遥看近却无”写青草沾上雨水后的景色，远看似乎青绿一片，走近却空空如也，这种朦胧的景象让人觉得很美好。“最是一年春好处，绝胜烟柳满皇都。”对于初春的景色大力赞美，早春的小雨和草色是一年春光中最美的东西，远远超过了烟柳满城的衰落的晚春景色。

背景

这首诗作于唐穆宗长庆三年（823）早春，是56岁的韩愈写给当时任水部员外郎的诗人张籍的。当时韩愈任吏部侍郎，他约张籍游春，张籍因以事忙年老推辞，韩愈于是作这首诗寄赠，极言早春景色之美，希望触发张籍的游兴。

名家点评

清·黄叔灿：草色遥看近却无，写照甚工。正如画家设色，在有意无意之间。(《唐诗笺注》)

清·朱彝尊：景绝妙，写得亦绝妙。(《批韩诗》)

莫道官忙身老大，即无年少逐春心

早春呈水部张十八员外·其二

唐·韩愈

莫道官忙身老大，即无年少逐春心。
凭君先到江头看，柳色如今深未深。

注释

官忙身老大：公务繁忙，年纪很大。

即：已经。

简析

这是韩愈56岁时写的诗，当时他担任吏部侍郎，公务繁忙，因此第一句诗就提到了“官忙身老大”。江边春天到来的时候，诗人捕捉到了年少逐春，扑蝶戏蕊，枯草拈花的情志，用一颗童心直接感受到了大自然的美妙情趣，只是可惜老大逐春远远没有这种情志，“凭君先到江头看，柳色如今深未深。”公务繁忙，世事沧桑，在充分体会了人间坎坷之后，诗人只能是忙里偷闲地游一游春，散一散心，看看柳色渐深，春景美好，聊表慰藉。

草树知春不久归，百般红紫斗芳菲

晚春二首·其一

唐·韩愈

草树知春不久归，百般红紫斗芳菲。
杨花榆荚无才思，惟解漫天作雪飞。

注释

不久归：很久就会结束。

杨花：指杨絮。

榆荚：俗称榆钱，呈白色，随风飘落。

简析

这是一首描绘暮春景色的七绝，初看是写百花争艳的场景，进一步品味就会发现，这首诗写得工巧奇特，别开生面。诗人并没有将暮春百花凋零作为主题，而是写了草木留春，呈现万紫千红的动人情景。

“草树知春不久归，百般红紫斗芳菲。”花草树木明明知道春天很快就会离开，却还是使出浑身解数，努力将最美的一面呈现出来。“杨花榆荚无才思，惟解漫天作雪飞”，就连原本乏色少香的杨花、榆荚也不甘示弱，化作雪花随风飞舞，加入了留春的行列。诗人细致入微的观察和描写，只寥寥数笔，就给人以满眼风光、耳目一新的感觉。“草木”本属无情物，但在诗人笔下，竟然能“知”能“解”还能“斗”，而且还有“才思”高下有无之分，让人回味无穷。

背景

这是《游城南十六首》中的其中一首，写于唐宪宗元和十一年（816），此时韩愈已年近半百。

名家点评

清·朱彝尊：此意作何解？然情景却是如此。（《批韩诗》）

清·汪森：意带比兴，出口自活，以下数首皆然。（《韩柳诗选》）

清·潘德舆：（王昌龄《青楼曲》）第二首起句云“驰道杨花满御沟”，此即“南山荟蔚”景象，写来恰极天然无迹。昌黎诗云：“杨花榆荚无才思，惟解漫天作雪飞”，便嚼破无全味矣。（《养一斋诗话》）

白居易

白居易（772—846），字乐天，号香山居士，又号醉吟先生，原籍山西太原，生于河南新郑，有“诗魔”“诗王”之称。白居易与元稹共同倡导新乐府运动，世称“元白”，与刘禹锡并称“刘白”。白居易的诗歌题材广泛，形式多样，语言平易通俗，代表诗作有《长恨歌》《琵琶行》《卖炭翁》等。

湖上春来似画图，乱峰围绕水平铺

春题湖上

唐・白居易

湖上春来似画图，乱峰围绕水平铺。
松排山面千重翠，月点波心一颗珠。
碧毯线头抽早稻，青罗裙带展新蒲。
未能抛得杭州去，一半勾留是此湖。

注释

乱峰：参差不齐，看上去杂乱的山峰。

松排山面：有许多松树在山上排列着。

月点波心：月亮倒映在水中。

勾留：依恋，留恋。

简析

这首诗描写了醉人的西湖春景。三面群山环抱，湖面水平如镜，群峰之上，一排排的松树密密麻麻，千山万峰一派苍翠。一轮圆月映入水中，好像一颗明珠，晶莹透亮。早生的水稻，如同巨大的绿色地毯，上面铺着厚厚的丝绒线头，蒲叶披风，像少女身上飘曳的罗带群幅。这些画面如同山水画一般格调清新，让诗人陶醉不已，甚至不愿离开杭州回京。在山水诗中嵌入农事，弄不好会雅俗相悖，很不协调，而白居易却别出心裁地将农事诗歌化了，与此同时，这首诗的写作也是一种变革，诗人立意新颖，语言精妙，不仅是山水诗中的佳构，亦是历代描写西湖诗中的名篇之一。

背景

这是白居易于长庆四年（824）五月即将从杭州离任，调任太子左庶子，分司东都（洛阳）时的春天，触景生情写下的。

几处早莺争暖树，谁家新燕啄春泥

钱塘湖春行

唐·白居易

孤山寺北贾亭西，水面初平云脚低。
几处早莺争暖树，谁家新燕啄春泥。

乱花渐欲迷人眼，浅草才能没马蹄。
最爱湖东行不足，绿杨阴里白沙堤。

注释

水面初平：湖水刚好和堤岸齐平，意味着春水初涨。

云脚低：白云重重叠叠，和湖面上的波澜连成一片，看上去很低。

早莺：初春时到来的黄鹂。

争暖树：争着飞到向阳的树枝上去。

行不足：游览多次也不厌烦。

简析

这首诗处处紧扣环境和季节，将刚刚披上春天外衣的西湖，描绘得恰到好处，生机勃勃。

“孤山寺北贾亭西，水面初平云脚低。”前一句用两个地名来连接，说明诗人一边走一边观赏，他看到春水初涨，水面和堤岸齐平，空中的白云和湖面荡漾的波澜连接在一起，形成了典型的江南春景。

“几处早莺争暖树，谁家新燕啄春泥。”随处所见的莺在歌，燕在舞，显示出春天的勃勃生机。

“乱花渐欲迷人眼，浅草才能没马蹄。”因为是早春，所以能见到的并非姹紫嫣红开遍，而是东一团，西一簇，所以用“乱”字来形容。而春草也还没有长得丰茂，仅只有没过马蹄那么高，所以用“浅”字来形容。

“最爱湖东行不足，绿杨阴里白沙堤。”作者从孤山、贾亭开始，到湖东、白堤止，一路上，在湖青山绿那美如天堂的景色中，饱览了莺歌燕舞，陶醉在鸟语花香，最后意犹未尽地沿着白沙堤，在杨柳的绿阴底下，一步三回头，恋恋不舍地离去了。

背景

这首诗写于长庆三、四年（823、824年）间的春天。当时白居易被任命为杭州刺史，敬宗宝历元年（825）三月又出任了苏州刺史。

名家点评

清·胡以梅：三、四灵活之极，“争”字既佳，而“谁家”更有情。(《唐诗贯珠》)

清·宋宗元：娟秀无比。(《网师园唐诗笺》)

野火烧不尽，春风吹又生

草/赋得古原草送别

唐·白居易

离离原上草，一岁一枯荣。
野火烧不尽，春风吹又生。
远芳侵古道，晴翠接荒城。
又送王孙去，萋萋满别情。

注释

赋得：古人学习作诗或者文人聚会或者科举考试时命题作诗，都会有“赋得”二字，意思是借古人句或成语命题作诗。

离离：青草茂盛的样子。

远芳侵古道：远处芬芳的野草一直长到古老的驿道上。

王孙：本指贵族后代，这里指远方的友人。

简析

这首诗虽然是命题作诗，却能融入深切的生活感受，字字含真情，语语有余味，不但得体，而且别具一格，在“赋得体”中堪称绝唱。

诗人首句即破题面“古原草”三字，多么茂盛的原上草啊，“一岁一枯荣”，两个“一”字复叠，形成咏叹，每一年都能焕发出新的生机，给人生生不息的感觉，这也为后面两句做了引子。“野火烧不尽，春风吹又生。”这里转而从概念变成了形象的画面，不仅写了“原上草”的性格，还写了从烈火中再生的理想。对仗整齐，自然顺畅。如果说这两句是承“古原草”而重在写“草”，那么五、六句则继续写“古原草”而将重点落到“古原”，以引出“送别”题意。“远芳侵古道，晴翠接荒城。”芳曰“远”，古原上清香弥漫可嗅；翠曰“晴”，则绿草沐浴着阳光，秀色如见。“侵”“接”二字继“又生”，更写出一种蔓延扩展之势，再一次突出那生存竞争之强者野草的形象。

背景

贞元三年（787），16岁的白居易在科场考试中写下这首诗。据史料记载，诗人这年始自江南入京，谒名士顾况时投献的诗文中就有这篇作品。

名家点评

清·田雯："刘孝绰妹诗：'落花扫更合，丛兰摘复生。'孟浩然'林花扫更落，径草踏还生'。此联岂出自刘欤？……古人作诗，皆有所本，而脱化无穷，非蹈袭也。"(《古欢堂集杂著》)

清·屈复：不必定有深意，一种宽然有余地气象，便不同啾啾细声，此大小家之别。(《唐诗成法》)

清·蘅塘退士：诗以喻小人也。消除不尽，得时即生，干犯正路。文饰鄙陋，却最易感人。(《唐诗三百首》)

长恨春归无觅处，不知转入此中来

大林寺桃花

唐·白居易

人间四月芳菲尽，山寺桃花始盛开。
长恨春归无觅处，不知转入此中来。

注释

大林寺：坐落在庐山大林峰，相传为晋代僧人昙诜所建，是中国佛教圣地之一。

人间：指大林寺山下的村落。

尽：指花已经凋谢了。

春归：春天已经结束了。

此中：在这深山的寺庙里。

简析

这首诗只有短短四句，初看并没有什么深奥和奇警的地方，但是细读之下，却会发现这首看似平淡自然的小诗，意境深邃，富于情趣。

首句“人间四月芳菲尽，山寺桃花始盛开”描写诗人春末夏初的时候登山，此时大地春归，芳菲落尽，然而让他没有想到的是，高山古寺中，居然有一片刚刚盛开的桃花。在这一感受的触发下，诗人展开想象，“长恨春归无觅处，不知转入此中来。”他联想到自己曾经因为惜春、恋春，怨恨春去的无情，谁知道却是错过了春天，原来春天并没有离开，只不过俏皮地跟诗人捉迷藏，偷偷躲到了高山上的寺庙中了。

背景

这首诗作于唐宪宗元和十二年（817）四月，当时白居易任江州（今江西九江）司马，年46岁。此时的白居易因直言不讳冒犯了权贵，被贬为江州司马，这种沧桑的感慨，自然为此诗蒙上了一层隐喻色彩。

名家点评

北宋·沈括：白乐天《游大林寺》诗云：“人间四月芳菲尽，山寺桃花始盛开。”盖常理也。此地势高下之不同也。(《梦溪笔谈》)

清·宋长白：白香山与元集虚十七人游庐山大林寺，时已孟夏，见桃花盛开，乃作诗曰：“人间四月芳菲尽……”梅花尼子行脚归，有诗曰：“着意寻春不见春，芒鞋踏破岭头云。归来笑捻梅花嗅，春花枝头已十分。”二绝可谓得禅机三昧矣。(《柳亭诗话》)

明·黄周星：只恐“此中”亦不能久驻，奈何！(《唐诗快》)

风吹旷野纸钱飞，古墓垒垒春草绿

寒食野望吟

唐·白居易

乌啼鹊噪昏乔木，清明寒食谁家哭。
风吹旷野纸钱飞，古墓垒垒春草绿。
棠梨花映白杨树，尽是死生别离处。
冥冥重泉哭不闻，萧萧暮雨人归去。

注释

垒垒：重重叠叠的。

冥冥：昏晦的样子。

重泉：人死后的归处，也称为黄泉、九泉。

萧萧：象声词，这里指雨声。

简析

这首诗主要描写了清明节时期扫墓时的情形。唐代时期，寒食和清明扫墓的风气非常盛行。从此诗中不仅展现了人们扫墓时凄凉悲惨的情形，还可以看出唐代扫墓习俗中，寒食和清明是同一个节日。每到这个时候，漂泊异乡的文人墨客，都会产生思乡之情，这也更映衬了这个时节的悲凉，让人倍感伤心。

背景

这首诗是唐代诗人白居易在清明时节，看到扫墓的情形和人们的悲伤后，有感而发写下的，也表达了诗人的思乡之情。

名家点评

宋·胡仔：东坡云：与郭生游，寒溪主簿吴亮置酒，郭生善作挽歌，酒酣发声，坐为凄然。郭生言：恨无佳词。因改乐天《寒食》诗，歌之，坐客有泣者。其词曰："乌啼鹊噪昏乔木，清明寒食谁家哭。风吹旷野纸钱飞，古墓垒垒春草绿。棠梨花映白杨路，尽是死生别离处。冥冥重泉哭不闻，萧萧暮雨人归去。"每句杂以散声。（《苕溪渔隐丛话》）

清·史承豫：顿觉尽情。（《唐贤小三昧集》）

清·宋宗元：哀冷（末二句下）。（《网师园唐诗笺》）

来如春梦不多时，去似朝云无觅处

花非花

唐·白居易

花非花，雾非雾。夜半来，天明去。
来如春梦不多时，去似朝云无觅处。

注释

花非花：词牌名。

不多时：短暂美好的时光。

去似：如同早晨飘散的云彩，去了就无处寻觅了。

朝云：借用楚襄王梦巫山神女的典故。宋玉《高唐赋》序：妾在巫山之阳，高丘之阻，旦为朝云，暮为行雨，朝朝暮暮，阳台之下。

简析

这首诗表达了诗人对人生如梦幻泡影，如雾亦如电的感慨，展现出一种对于生活中存在过但是如今已经消逝了的美好的人或物的追念和惋惜。全诗由一连串的比喻构成，描述的内容既真实又隐晦，朦胧中带有节奏和韵律，是一首情诗中的佳作。

“花非花，雾非雾”首句先给人一种捉摸不定的感觉，用一种似花非花，似雾非雾的描述，开始整首诗。“夜半来，天明去”既让读者疑心是在说梦，还会有遐思的空间。“来如春梦不多时”可见读者的疑虑是真的，原来梦也不过是种比喻而已，“去似朝云无觅处”，这里的“来”“去”二字，在音情上有承上启下作用，由此生发出两个新鲜比喻。“夜半来”的春梦虽然美却非常短暂，天明的时候看到朝霞，朝霞虽然很美却很快也消逝了。

背景

这首诗与《白氏长庆集》中的《真娘墓》以及《简简吟》二诗是同时为同一目所作。

名家点评

明·杨慎：“白乐天之辞，予独爱其《花非花》一首，盖其自度之曲，因情生文者也。”“花非花，雾非雾”，虽《高唐》《洛神》，绮丽不及也。(《词品》)

吴酒一杯春竹叶，吴娃双舞醉芙蓉

忆江南·江南忆

唐·白居易

江南忆，最忆是杭州。山寺月中寻桂子，郡亭枕上看潮头。何日更重游？

江南忆，其次忆吴宫。吴酒一杯春竹叶，吴娃双舞醉芙蓉。早晚复相逢？

注释

郡亭：这里是指杭州城东楼。

看潮头：钱塘江入海处，有二山南北对峙如门，水被夹束，势极凶猛，为天下名胜。

吴宫：指吴王夫差在苏州西南灵岩山上为西施所建的馆娃宫。

娃：美女。

醉芙蓉：形容舞伎的美。

早晚：这里指何时。

简析

这两首《忆江南·江南忆》既各自独立而又互为补充，分别描绘杭州与苏州的景色美、风物美和女性之美，两首诗均以“江南忆”开篇，以深情之句作结，艺术概括力强，意境奇妙，让人欲罢不能。

第一首描写的是杭州这个被人喻为可同天堂媲美的地方，

“江南忆，最忆是杭州。”用杭州来印证江南的好，是诗人的初衷。随后，诗人又提到“山寺月中寻桂子”，古神话中有月中桂树的传说，但生活中的真实不等于艺术的真实，诗人运用这一传说来表达杭州的非同凡响以及对于杭州的浪漫想象，让读者似乎看到了怒放的丹桂，闻到了桂子浓郁的芳香。后面这句“郡亭枕上看潮头”描绘了钱塘江入海的奇观。诗人通过对当年山寺寻桂和钱塘观潮这两个具有代表性的画面，描绘出杭州的多姿多彩，让读者心生向往。

第二首“江南忆，其次忆吴宫。吴酒一杯春竹叶，吴娃双舞醉芙蓉。”这里描绘了苏州的美，当年吴王夫差为美人西施修建的馆娃宫等风景名胜古迹，名为“竹叶春”的美酒佳酿，婀娜多姿、能歌善舞的苏州女子……诗人用美妙的诗，简洁地勾勒出苏州的旖旎风情，令人无比神往。

背景

诗人早年曾因躲避战乱来到江南，旅居苏、杭二州，晚年又担任杭、苏刺史多年。江南的山水和人民都让他印象很深，晚年回到北方后，他对此念念不忘，因此写下了这组《忆江南》。

名家点评

明·杨慎:《望江南》，即唐法曲《献仙音》也。但法曲凡三叠,《望江南》止两叠尔。白乐天改法曲为《忆江南》。其词曰:“江南好，风景旧曾谙。”二叠云:“江南忆，最忆是杭州。”三叠云:“江南忆，其次忆吴宫。”见乐府。(《词品》)

明·沈际飞：较宋词自然有身分，不知其故。(《草堂诗余别集》)

明·卓人月：徐士俊云：非生长江南，此景未许梦见。（《古今词统》）

日本汉学家近藤元粹：诗馀上乘。（《白乐天诗集》）

不道江南春不好，年年衰病减心情

南湖早春

唐·白居易

风回云断雨初晴，返照湖边暖复明。
乱点碎红山杏发，平铺新绿水蘋生。
翅低白雁飞仍重，舌涩黄鹂语未成。
不道江南春不好，年年衰病减心情。

注释

南湖：彭蠡湖，即鄱阳湖。

碎红：杏花花苞刚刚绽放，露出点点红色。

舌涩：涩，形容叫声艰涩，尚不连贯婉转。这里指言语不流利。

简析

这首诗开篇描写了南湖的早春明媚动人，随后又显示出作者遭到贬斥后消沉郁闷的心境。

“风回云断雨初晴，返照湖边暖复明。”前两句写的是春雨初晴，阳光返照。“乱点碎红山杏发，平铺新绿水蘋生。翅低白雁飞仍重，舌涩黄鹂语未成。”山杏吐艳，水蘋争绿，白雁低飞，黄鹂语涩，几个早春里最具特色的意象，让作者书写得淋漓尽致。早春时节，乍暖还寒，但阳光照耀着大地，不仅景色秀丽，而且有着温暖明快的感觉，一派生机与活力。刚刚到来的春天太美妙、太富有魅力了，生命力充沛的动物们也争相表现，翩翩起舞的燕子，忍不住唱歌的幼年黄鹂，增添了早春的妩媚可人。“不道江南春不好，年年衰病减心情。”最后两句诗表现出作者的消沉，面对如此美妙的春天，诗人却没有心情欣赏，这是为什么呢？原来是因为国家内忧外患，自己空有一腔热血，却因为不受重用，再加上衰病不堪，没有办法为国效力，只能发出无可奈何的叹息。

背景

这首诗作于元和十二年（817），是白居易遭到贬谪后在江州时所留下的作品。

名家点评

清·爱新觉罗·弘历：卷二十三：刻画早春有色泽，腹联尤警。(《唐宋诗醇》)

两处春光同日尽，居人思客客思家

望驿台

唐·白居易

靖安宅里当窗柳，望驿台前扑地花。
两处春光同日尽，居人思客客思家。

注释

驿：驿站，古代供传递公文的人中途休息、换马的地方。

当窗柳：唐代人的风俗，喜欢折柳以赠行人，因柳而思游子。

居人：家里的人，这里指元稹的妻子。

客：出门在外的人，这里指元稹。

简析

这是白居易应和好友元稹的诗。“靖安宅里当窗柳”，当时元稹的妻子韦丛住在长安靖安里，每天守着窗前的碧柳，凝眸念远，怀念丈夫。“望驿台前扑地花”，身在四川广元的元稹看到落花，开始想念家中如花似玉的妻子。这里运用比喻和联想，别有情致。“两处春光同日尽”，春光马上就要离去，两人各自天涯，伤感在无形中就产生了。这里的“春光”还有美好时光和希望的意思，然而“尽”写出了两人预期的欢聚落空。“居人思客客思家”，思念不止两三天，但这天恰好是春尽日，思念之情变得更加浓郁了，感情的暗线将千里之外的两颗心紧紧地联系在了一起。

背景

这首诗创作于元和四年（809）三月，当时元稹写下一首《使东川》，思念妻子韦丛，白居易则写了十二首和诗，《望驿台》便是其中一首。

刘禹锡

刘禹锡（772—842），字梦得，河南洛阳人，有“诗豪”之称。刘禹锡诗文俱佳，涉猎题材广泛，与柳宗元并称“刘柳”，与韦应物、白居易合称“三杰”，并与白居易合称“刘白”。其诗大多自然流畅、简练爽利，有《陋室铭》《竹枝词》《乌衣巷》等名篇传世。

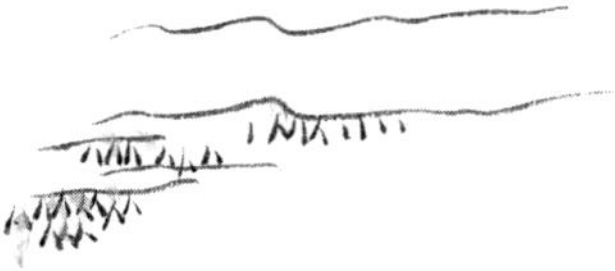

沉舟侧畔千帆过，病树前头万木春

酬乐天扬州初逢席上见赠

唐·刘禹锡

巴山楚水凄凉地，二十三年弃置身。
怀旧空吟闻笛赋，到乡翻似烂柯人。
沉舟侧畔千帆过，病树前头万木春。
今日听君歌一曲，暂凭杯酒长精神。

注释

乐天：白居易字乐天。

巴山楚水：在古代是指四川、湖南、湖北一带。刘禹锡被贬后，迁徙于朗州、连州、夔州、和州等边远地区，这里用

“巴山楚水”泛指这些地方。

弃置身：指遭受贬谪的人。

闻笛赋：向秀的朋友嵇康、吕安因不满司马氏篡权而被杀害。向秀经过嵇康、吕安的旧居，听到邻人吹笛，不禁悲从中来，于是写了《思旧赋》，这里刘禹锡借用典故怀念已死去的王叔文、柳宗元等人。

翻似：倒好像。翻：副词，反而。

烂柯人：相传晋人王质上山砍柴，看见两个童子下棋，于是停下观看。等棋局终了，手中的斧柄（柯）已经朽烂。回到村里，才知道已过了一百年，同代人都已经亡故。作者以此典故表达自己遭贬23年的感慨。刘禹锡也借这个故事表达世事沧桑，人事全非，暮年返乡恍如隔世的心情。

歌一曲：指白居易的《醉赠刘二十八使君》。

简析

这首诗是诗人显示自己对世事变迁和仕宦升沉的豁达襟怀，表现了诗人坚定的信念和乐观的精神，同时暗含哲理，表明新事物必将取代旧事物。

诗人以酬答白居易的名义，描写了特定环境中自己的感情。白的赠诗中，对刘禹锡的遭遇无限感慨，因此他很自然地发出感慨道：“怀旧空吟闻笛赋，到乡翻似烂柯人。”说自己在外23年，如今回来，许多老朋友都已去世，只能徒然地吟诵“闻笛赋”表示悼念而已。“沉舟侧畔千帆过，病树前头万木春。”诗人以沉舟、病树比喻自己，表达自己既惆怅又达观的心态。“今日听君歌一曲，暂凭杯酒长精神。”点明自己并没有消沉下去，还劝慰和鼓励白居易。从这里可以看到，诗人对生活并未完全丧失信心，诗中虽然感慨很深，但读来给人的感受并不是消沉，相反却是振奋。

背景

唐敬宗宝历二年（826），刘禹锡被罢官，与白居易在扬州相逢，白居易赠给他一首诗：“为我引杯添酒饮，与君把箸击盘歌。诗称国手徒为尔，命压人头不奈何。举眼风光长寂寞，满朝官职独蹉跎。亦知合被才名折，二十三年折太多。”于是他写了这首诗酬答白居易。

自古逢秋悲寂寥，我言秋日胜春朝

秋词

唐·刘禹锡

自古逢秋悲寂寥，我言秋日胜春朝。
晴空一鹤排云上，便引诗情到碧霄。

注释

悲寂寥：悲叹萧条空寂。

春朝：朝，早晨，这里是指春天刚开始。

晴：一作“横”。

排云：排：推开，冲破。这里指推开白云。

碧霄：青天。

简析

这首诗气势宏伟，意境壮丽，不仅表现出秋天的生机和素色，更多的是一种高扬精神和开阔胸襟，用一首非同凡响的秋歌，歌颂难能可贵的精神，将情、景、理融为一体。

“自古逢秋悲寂寥”，这首诗一开篇，就以一轮起笔，否定了前人悲秋的观念，表现出激越向上的诗情。“我言秋日胜春朝”直抒胸臆，态度鲜明，自信地表达出自己的看法。诗人认为秋天比万物萌生，欣欣向荣的春天更胜过一筹，这是对自古以来悲秋论调的有力否定。“晴空一鹤排云上”，这里选择了秋天的典型事物“一鹤凌云”，这种别致的景观，展现出秋日里万里晴空，白云飘浮的开阔，再加上凌云的鹤，更让人有秋高气爽的感觉。最后一句“便引诗情到碧霄”将诗人心中激荡澎湃的诗情爆发出来，直冲云霄。诗中没有悲凉的气息，诗人将自己的情志和想象驰骋于碧空，将“实”和“虚”融合在一起，收获了励志冶情的美感。

背景

这首诗是诗人被贬朗州司马时所作。公元805年（永贞元年），顺宗即位，诗人因参加革新被贬朗州，在此种境况下，他并没有消沉，而是写下了这首诗。

春去也，多谢洛城人

忆江南·春去也

唐·刘禹锡

春去也，多谢洛城人。
弱柳从风疑举袂，丛兰裛露似沾巾。独坐亦含颦。
春去也，共惜艳阳年。
犹有桃花流水上，无辞竹叶醉尊前。惟待见青天。

注释

多谢：表示殷勤致意。

袂：衣袖。

裛：沾湿。

颦：皱眉。

尊：酒杯，同“樽”。

简析

这是两首描写春天的词，第一首是惜春，第二首是伤春，均运用拟人的手法，从人到春，又从春到人，不写人惜春，反写春惜人，将人情物态糅为一体。这种手法多变、构思新颖的写法，让全词充满了乐府小章“清新流畅、含思婉转”的艺术特色。

第一首词中，先是从春向人们告辞，柳、兰喻春含泪挥手而别，后写一个女子惜春的神态，一边惋惜春天的离开，一边又觉得春对自己恋恋不舍。“春去也，多谢洛城人。”让人感受到春天不忍去，不愿去又不得不去的衷曲。“弱柳从风疑举袂，从兰裛露似沾巾”描绘出一幅气韵横生的送春画图，那纤弱的柳条随风摇摆，就像挥手作别时轻轻扬起的衣袖，沾满露珠的葡花，如同不胜嫣羞的美人，挥泪告别。“独坐亦含颦。”惜春之人一人独坐，皱着眉头，似乎在想什么。

第二首词前两句是一层转折，次句的“艳阳年”与第三句的“桃花流水”在字面上也构成了转折，通过层层转折，写出了词人心头的“惜春”意绪。“春去也，共惜艳阳年”，加深了作者伤春、惜春的情感，而且与上一首相互呼应，感慨春天“大势已去”。次句中的“艳阳年”，指阳光灿烂、风光旖旎的春天，“余春”尚在，呼吁大家趁着最后的机会好好欣赏暮春景致。“犹有桃花流水上，无辞竹叶醉尊前”是作者惜春的行动，如果桃花落瓣随流水漂尽，春天的身影就真的消失了。“惟待见青天。”风景虽然无限好，但如果碰上个淫雨连绵、路滑泥烂的天气，这一番打算就全都落空了。所以这里词人希望老天帮忙，为大家送来个无风无雨的好天气。

背景

这两首词约为唐文宗开成三年（838）作于洛阳。当时白居易为太子少傅分司东都，刘禹锡为太子宾客分司东都，二人均在洛阳，时相唱和，白居易词共三首，刘禹锡的和词共两首。

名家点评

明·陆时雍：仿佛隋音。(《唐诗镜》)

清·沈辰垣：刘宾客词也，一时传唱，乃名为《春去也》曲。(《御选历代诗余》)

清·沈雄：“春去也”云云，刘宾客词也。一时传唱，乃

名为《春去也》曲。(《古今词话》)

清·况周颐：唐贤为词，往往丽而不流，与其诗不甚相远也。刘梦得《忆江南》“春去也”云云，流丽之笔，下开北宋子野、少游一派。唯其出自唐音，故能流而不靡，所谓“风流高格调”，其在斯乎。(《蕙风词话》)

李绅

李绅（772—846），字公垂。祖籍亳州谯县（今安徽省亳州市谯城区）。唐朝宰相、诗人。李绅与元稹、白居易交游甚密，为新乐府运动的参与者。著有《乐府新题》二十首，已佚。代表作为《悯农》诗两首："锄禾日当午，汗滴禾下土。谁知盘中餐，粒粒皆辛苦。"《全唐诗》存其诗四卷。

春种一粒粟，秋收万颗子

悯农二首

唐 · 李绅

春种一粒粟，秋收万颗子。
四海无闲田，农夫犹饿死。

锄禾日当午，汗滴禾下土。
谁知盘中餐，粒粒皆辛苦。

注释

悯：怜悯，诗人对农夫表示同情。

子：粮食的颗粒。

闲田：还没有耕种的田，也被认为是荒芜的田地。

餐：一作“飧”，指熟食。

简析

这里的两首诗成为一组，都是反映中国封建时代农民的生存状态。

第一首诗开头以“春种一粒粟，秋收万颗子”来描绘丰收，用“种”和“收”赞美了农民的劳动。随后，诗人形象地用“四海无闲田，农夫犹饿死”来突出农民辛勤劳动以获得丰收，最后却两手空空、惨遭饿死的现实问题。

第二首诗的前两句“锄禾日当午，汗滴禾下土”描绘了在烈日炎炎之下，农夫在田地里辛勤劳作，那一滴滴的汗珠，洒在灼热的土地上。在此读者可以得知，从“一粒粟”到“万颗子”，到“四海无闲田”，乃是千千万万个农民用血汗浇灌起来的。三、四句“谁知盘中餐，粒粒皆辛苦”更是进一步撷取了最富有典型意义的形象，不仅概括了农夫不避严寒酷暑、雨雪风霜，终年辛勤劳动的生活，还表达了诗人无限的愤慨和对于农夫真挚的同情之心。

背景

据唐代范摅《云溪友议》和《旧唐书·吕渭传》等书的记载，这组诗是李绅在唐德宗贞元十五年（799）时所作。

名家点评

范摅（生卒年不详）：初，李公（绅）赴荐，常以《古风》求知吕光化，温谓齐员外煦及弟恭曰：“吾观李二十秀才之文，

斯人必为卿相。”果如其言。(《云溪友议》)

明·周珽：吴山民曰：由仁爱中写出，精透可怜，安得与风月语同看？知稼穑之艰难，必不忍以荒淫尽民膏脂矣。今之高卧水殿风亭，犹苦炎燠者，设身“日午汗滴”当何如？(《唐诗选脉会通评林》)

清·吴乔：诗苦于无意；有意矣，又苦于无辞。如“锄禾日当午”云云，诗之所以难得也。(《围炉诗话》)

清·吴瑞荣：至情处莫非天理。暴弃天物者不怕霹雳，却当感动斯语。(《唐诗笺要》)

杜牧

杜牧（803—约852），字牧之，号樊川居士，京兆万年（今陕西西安）人。杜牧因晚年居长安南樊川别墅，故后世称“杜樊川”。杜牧的诗歌以七言绝句著称，内容以咏史抒怀为主，其诗英发俊爽，多切经世之物，在晚唐成就颇高。杜牧人称“小杜”，以别于杜甫，与李商隐并称“小李杜”。

晓迎秋露一枝新，不占园中最上春

紫薇花

唐·杜牧

晓迎秋露一枝新，不占园中最上春。
桃李无言又何在，向风偏笑艳阳人。

简析

这首诗借用了司马迁《史记·李将军列传》“桃李无言，下自成蹊”的典故，却没有描写观看桃花李花的人络绎不绝，而是用其反衬出了紫薇花的美和花期之长。虽然题目为《紫薇花》，但诗中并没有提及紫薇，这让读者在惊叹中，充分享受到了紫薇美丽的质感，感受到紫薇不与群花争春的风骨和一枝独秀的品格。由于这首诗的奇趣和经久不衰，杜牧也得到了“杜紫薇”的雅称。

东风不与周郎便，铜雀春深锁二乔

赤壁

唐·杜牧

折戟沉沙铁未销，自将磨洗认前朝。
东风不与周郎便，铜雀春深锁二乔。

注释

折戟：戟，古代兵器。折断的兵器。

认前朝：诗人认出戟是东吴破曹时的遗物。

东风：指三国时期火烧赤壁的典故。

铜雀：即铜雀台，是曹操万年行乐的地方。

二乔：东吴乔公的两个女儿，一个嫁给了前国主孙策（孙权兄），称大乔，一个嫁给了军事统帅周瑜，称小乔，合称“二乔”。

简析

这首诗的开篇，先从一件古代的兵器开始，说起人、事、物的慨叹。“折戟沉沙铁未销，自将磨洗认前朝。”折断的战戟因为沉在泥沙中，所以没有被锈蚀，诗人将其从沙中挖出来磨洗，然后认出它是前朝的遗物。这种描写看似平淡无奇，但实际上写出了历史风云的沧桑，同时暗示了岁月流逝，物是人非的哲理。“东风不与周郎便，铜雀春深锁二乔。”这两句千古传唱的佳句，写了倘若当年东风不帮助周瑜的话，那么铜雀台就会深深地锁住东吴二乔了，简单两句，把硝烟弥漫的战争胜负写得很是蕴藉。

背景

这是诗人经过著名的古战场赤壁（今湖北省武昌县西南赤矶山），有感于三国时期的英雄成败而写下的。

名家点评

清·纪昀：“（许顗）讥杜牧《赤壁》诗为不说社稷存亡，惟说二乔，不知大乔乃孙策妇，小乔为周瑜妇，二人入魏，即吴亡可知。此诗人不欲质言，故变其词耳。”(《四库提要》)

清·何文焕：“牧之之意，正谓幸而成功，几乎家国不保。”(《历代诗话考索》)

清·王尧衢：“杜牧精于兵法，此诗似有不足周郎处。”(《古唐诗合解》)

李商隐

李商隐（约813—约858），字义山，号玉溪生，又号樊南生，祖籍怀州河内（今河南焦作沁阳），晚唐著名诗人。和杜牧合称“小李杜”，与温庭筠合称为“温李”。其诗构思新奇，风格秾丽，尤其是一些爱情诗和无题诗写得缠绵悱恻，优美动人，广为传诵。但部分诗歌过于隐晦迷离，难于索解。

春心莫共花争发，一寸相思一寸灰

无题·飒飒东风细雨来

唐·李商隐

飒飒东风细雨来，芙蓉塘外有轻雷。
金蟾啮锁烧香入，玉虎牵丝汲井回。
贾氏窥帘韩掾少，宓妃留枕魏王才。
春心莫共花争发，一寸相思一寸灰！

注释

玉虎：井上的辘轳。

掾：僚属。

宓妃：指洛神，传说为伏（宓）羲之女。

留枕：这里指幽会。

简析

这首诗描写了一位深锁闺中的女子从追求爱情到无奈幻灭的绝望之情。“飒飒东风细雨来，芙蓉塘外有轻雷。”从飒飒东风，飘来蒙蒙细雨；芙蓉塘外，传来阵阵轻雷这样的环境，描绘了生机勃勃的春天，带着一些凄迷黯淡的色调，女主人公既春心萌动又有着难以名状的迷惘和苦闷。“金蟾啮锁烧香入，玉虎牵丝汲井回”，描述了主人公居住之处的幽寂，无论是室内还是户外，所见的只有闭锁的香炉，汲井的辘轳，这些都让人觉得无比惆怅。“贾氏窥帘韩掾少，宓妃留枕魏王才。”这里借用爱情典故，描写爱而不得的痛苦，“春心莫共花争发，一寸相思一寸灰！”所向往的美好爱情不要和春花争荣竞发，因为寸寸相思都将变成灰烬，这也是女主人公最真实的痛苦。

深居俯夹城，春去夏犹清

晚晴

唐·李商隐

深居俯夹城，春去夏犹清。
天意怜幽草，人间重晚晴。
并添高阁迥，微注小窗明。
越鸟巢干后，归飞体更轻。

注释

夹城：城门外的小城。

幽草：幽暗地方的小草。

迥：高远。

微注：这里是说晚景斜晖，光线显得微弱和柔和。

简析

这是一首有寓托的诗，写作手法更接近于“在有意无意之间”的“兴”，诗人在登高远眺之际，触景生情，展开联想，情景交融，进而将瞬间的内心感受融化在了对晚晴景物的描写当中，因此显得自然天成，不着痕迹。

“深居俯夹城，春去夏犹清。”这句话告诉读者，诗人在初夏凭高远眺所见的晚清。初夏的岭南多雨久雨转晴，傍晚云开日霁，万物顿觉增彩生辉，人的精神也为之一爽。“天意怜幽草，人间重晚晴。”然而诗人并没有描写晚晴的景象，而是提到生长在幽暗处不被人注意的小草，并写出自己对晚晴的独特感受，将“幽草”人格化，进而想到自己的身世，开始为目前遇到的幸运和往昔的厄运感慨，提出对于美好和短暂事物的珍重，表达了积极、乐观的人生态度。“并添高阁迥，微注小窗明。”雨后晚晴，云收雾散，凭高览眺，视线更为遥远，虽然光线微弱，但还是给人带来了喜悦和安慰。“越鸟巢干后，归飞体更轻。”飞鸟归巢，体态轻捷，这里的越鸟归巢，带有自况意味，也让读者看到了一个精神振作的诗人。

背景

李商隐从开成三年（838）入赘泾原节度使王茂元（被视为李党）以后，便陷入党争之中，一直遭到牛党的忌恨与排挤，后来宣宗继位，他只好离开长安，跟随郑亚到桂林当幕僚，这首诗就是此时写下的。

名家点评

明·俞弁：唐李义山诗，有“天意怜幽草，人间重晚晴”之句。世俗久雨，见晚晴辄喜，自古皆然。(《逸老堂诗话》)

明·钟惺、谭元春：钟云：妙在大样（“人间”句下）。谭云：此句说晚晴，其妙难知（“并添”句下）。(《唐诗归》)

清·黄周星：不必然，不必不然，说来却便似确然不易，故妙（“天意”二句下）。(《唐诗快》)

怅卧新春白袷衣，白门寥落意多违

春雨

唐·李商隐

怅卧新春白袷衣，白门寥落意多违。
红楼隔雨相望冷，珠箔飘灯独自归。
远路应悲春晼晚，残宵犹得梦依稀。
玉珰缄札何由达，万里云罗一雁飞。

注释

白袷衣：这里指闲居便服。

红楼：华美的楼房，这里指女子的住处。

珠箔：比喻春雨细密。

畹晚：夕阳西下的光景，这里还蕴含人老珠黄的意思。

云罗：像螺纹一样的云片。

简析

这首诗的开头先点明时令，“怅卧新春白袷衣，白门寥落意多违”，一个春雨绵绵的早晨，主人公穿着便服，和衣怅卧，满腹心事，“白门寥落意多违。”原来的欢会处，今日却寂寞冷落，再见不到对方踪影。这种与所爱者分离的失意，就是他愁思百结地怅卧的原因。此刻萦绕在心中的，是最后一次访见对方的情景：“红楼隔雨相望冷，珠箔飘灯独自归。”虽然场景熟悉，但自己却没有勇气靠近，只能站在雨中遥望。直到周围的街巷灯火全都亮起来，才独自返回。“远路应悲春畹晚，残宵犹得梦依稀。”他想象远方的另一个人，应该也在为春之将暮而伤感，如今蓬山远隔，只有在梦中才能依稀相会。“玉珰缄札何由达，万里云罗一雁飞”，这种思念促使他写下书札，侑以玉珰一双，作为寄书的信物。但纵然有信使，如此远的路途，如何才能传递呢？诗人万般无奈，只能独自哀伤。

背景

这首词是李商隐于大中四年，初到徐幕雨夜思家所作，抒写在春夜雨中的相思之情。

名家点评

清·姚培谦：此借春雨怀人，而寓君门万里之感也……此等诗，字字有意，概以闺帏之语读之，负义山极矣。（《李义山诗集笺注》）

清·屈复：中四是白门怅卧时忆往多违事，末二句是怅卧

时所思后事。(《玉溪生诗意》)

清·程梦星：此亦应辟无聊、望人汲引之作，盖入藩幕未出长安之时也。(《重订李义山诗集笺注》)

荷叶生时春恨生，荷叶枯时秋恨成

暮秋独游曲江

唐·李商隐

荷叶生时春恨生，荷叶枯时秋恨成。
深知身在情长在，怅望江头江水声。

注释

春恨：也被称为春愁，春怨。

怅望：惆怅地看着。

简析

这是一首七绝，但是诗人故意不用对仗规矩，而是用独擅的字句重用的手法来叙事抒情，以展现情思缠绵哀痛的特点。

“荷叶生时春恨生，荷叶枯时秋恨成”，从一开始，这首诗就用缓慢低沉的语气来诉说内心的遗憾和悔恨了。诗的前半从语气、字句、修辞、写法等方面恰到好处地表达出悼亡的沉痛感情，然后将春生、秋枯，恨生、恨成并列对比，丰富了诗的内涵。前三句是至情语，结句另辟蹊径，用婉曲语作收。当时的李商隐已经年老体衰，他独自游曲江，闻声起哀，触景伤情，内心茫然。此时诗人所看到和听到的并不真切，只有哀思是真的。写到这里，全诗戛然而止，意境却愈加深远。

背景

李商隐妻子王氏病故于唐宣宗大中五年（851）秋，大中十一年（857）秋李商隐独自游曲江，触景生情，写下这首诗。

名家点评

清·姚培谦：有情不若无情也。(《李义山诗集笺注》)

清·屈复：江郎云“仆本恨人”，青莲云“古之伤心人”，与此同意。(《玉溪生诗意》)

清·程梦星：“身在情长在”一语，最为凄婉，盖谓此身一日不死，则此情一日不断也。(《重订李义山诗集笺注》)

唐·李商隐：调古情深。(《玉溪生诗集笺注》)

春蚕到死丝方尽，蜡炬成灰泪始干

无题·相见时难别亦难

唐·李商隐

相见时难别亦难，东风无力百花残。
春蚕到死丝方尽，蜡炬成灰泪始干。
晓镜但愁云鬓改，夜吟应觉月光寒。
蓬山此去无多路，青鸟殷勤为探看。

注释

东风无力百花残：东风是指春风，残，凋零，指百花凋谢的暮春时节。

晓镜：早晨梳妆照镜子。镜，用作动词，照镜子的意思。

云鬓：女子如云的头发，比喻青春年华。

青鸟：神话中为西王母传递音讯的信使。

殷勤：情谊恳切深厚。

简析

这首诗从头至尾都透露着痛苦、失望又缠绵、执着的感情，诗中的每一联都是这种感情状态的反映，但是各联的具体意境又彼此有别。

“相见时难别亦难，东风无力百花残”是极度相思后的感叹。后面一句既写自然环境，也是诗人心境的反映，物我交融，心灵与自然取得了精微的契合。“春蚕到死丝方尽，蜡炬成灰泪始干”这句是说自己对于对方的思念，如同春蚕吐丝，到死方休，为了不能相聚而感受到的痛苦如同蜡泪直到蜡烛烧成了灰方始流尽一样。“晓镜但愁云鬓改，夜吟应觉月光寒。”从诗人体贴关切的角度推测想象出对方的相思之苦，“蓬山此去无多路，青鸟殷勤为探看。”思念越来越浓，却无计可施，只好托青鸟去帮忙探望。这样的结尾并没有改变诗人“相见时难”的痛苦境遇，不过是无望中的希望而已。

背景

唐朝人崇尚道教，李商隐十五六岁时被家人送去玉阳山学道，其间与玉阳山灵都观女氏宋华阳相识相恋，但由于外界原因，不能在一起，李商隐只能以诗记情，并隐其题，他所写的

《无题》大多是抒写他们两人之间的恋情诗。

名家点评

宋·葛立方：李义山《无题诗》云："春蚕到死丝方尽，蜡炬成灰泪始干。"此又是一格。今效此体为俚语小词传于世者甚多，不足道也。(《韵语阳秋》)

明·谢榛："春蚕到死丝方尽，蜡炬成灰泪始干。"……措辞流丽，酷似六朝。(《四溟诗话》)

清·陆次云：诗中比意从汉魏乐府中得来，遂为《无题》诸篇之冠。(《五朝诗善鸣集》)

庄生晓梦迷蝴蝶，望帝春心托杜鹃

锦瑟

唐·李商隐

锦瑟无端五十弦，一弦一柱思华年。
庄生晓梦迷蝴蝶，望帝春心托杜鹃。
沧海月明珠有泪，蓝田日暖玉生烟。
此情可待成追忆？只是当时已惘然。

注释

锦瑟：瑟：拨弦乐器，一般有二十五弦。锦瑟指装饰华美的瑟。

"庄生"句：《庄子·齐物论》："庄周梦为蝴蝶，栩栩然蝴蝶也；自喻适志与！不知周也。俄然觉，则蘧蘧然周也。不知周之梦为蝴蝶与？蝴蝶之梦为周与。”李商隐引用这个典故，用来比喻人生如梦，往事如烟。

“望帝”句：《华阳国志·蜀志》：“杜宇称帝，号曰望帝。……其相开明，决玉垒山以除水害，帝遂委以政事，法尧舜禅授之义，遂禅位于开明。帝升西山隐焉。时适二月，子鹃鸟鸣，故蜀人悲子鹃鸟鸣也。”子鹃指杜鹃，又名子规。

珠有泪：《博物志》：“南海外有鲛人，水居如鱼，不废绩织，其眼泣则能出珠。”

蓝田：《元和郡县志》：“关内道京兆府蓝田县：蓝田山，一名玉山，在县东二十八里。”

简析

这首诗是李商隐的代表作，但却不易理解。首联“锦瑟无端五十弦，一弦一柱思华年”，一般的琴只有三弦、五弦，但“瑟”却有五十弦。用这么多弦来抒发繁复之情感，该是多么哀伤。颔联“庄生晓梦迷蝴蝶，望帝春心托杜鹃”，这两句写的是佳人锦瑟，一曲繁弦，惊醒了诗人的梦景，不复成寐。颈联“沧海月明珠有泪，蓝田日暖玉生烟”，将几个典故糅合在一起，珠生于蚌，蚌在于海，当明月初生后，蚌则向月张开，以养其珠，珠得月华，始极光莹。这些美好的民间传说和海中奇景，以及蓝田日暖，都另有根源。尾联“此情可待成追忆？只是当时已惘然”，这样的情怀，从今朝回忆开始感到了无穷的惆怅，只不过当时非常迷惘。人一到暮年，就容易追思往昔，感慨青春易逝，功业无成，光阴虚度，然而天资聪慧的诗人早就先知先觉了，只是无可奈何，只能借锦瑟而自况。

背景

这首诗约作于作者晚年，对《锦瑟》一诗的创作意旨历来众说纷纭，有的认为是爱国之篇，也有的认为是悼念追怀亡妻之作，或自伤身世、自比文才之论，或以为是抒写思念待儿之笔。

名家点评

宋·刘攽：“《锦瑟》诗，人莫晓其意，或谓是令狐楚家青衣也。”(《贡父诗话》)

金·元好问：“望帝春心托杜鹃，佳人锦瑟怨华年。诗家总爱西昆好，独恨无人作郑笺。”(《论诗绝句》)

郑谷

郑谷（约851—约910），唐朝末期著名诗人。字守愚，汉族，江西宜春市袁州区人。僖宗时进士，官都官郎中，人称郑都官。又以《鹧鸪诗》得名，人称郑鹧鸪。其诗多写景咏物之作，表现士大夫的闲情逸致。风格清新通俗，但流于浅率。曾与许棠、张乔等唱和往还，号“芳林十哲”。原有集，已散佚，存《云台编》。

扬子江头杨柳春，杨花愁杀渡江人

淮上与友人别

唐·郑谷

扬子江头杨柳春，杨花愁杀渡江人。
数声风笛离亭晚，君向潇湘我向秦。

注释

愁杀：杀，形容愁的程度非常深。指愁绪满怀。

风笛：风中传来的笛声。

离亭：亭是古代路旁供人休息的地方，被叫作驿亭。人们常在此送别，所以称为“离亭”。

简析

“扬子江头杨柳春，杨花愁杀渡江人。”前两句直接即景抒情，点醒别离，写得潇洒不着力，如同平铺在面前的一幅画，扬子江头的渡口，杨柳青青，晚风中柳丝轻拂，杨花飘荡。岸边停泊着待发的小船，友人即将渡江南去。这种感觉有着别具一格的风韵。“数声风笛离亭晚，君向潇湘我向秦。”从江边的景色转到离亭的别宴，诗人开始正面书写惜别时的情形，驿亭宴别，酒酣情浓，风笛声响起，凄清哀怨，两位即将别离的友人默默相对，思绪萦绕，天色不知不觉地暗了下来，挥别的时刻终于到来，良人在沉沉暮色中互道珍重，各奔前程。

背景

这首诗是诗人在扬州和友人分手时所作，这一次大家各奔前程，友人渡江向南去往潇湘，自己则朝北去往长安。

名家点评

明·高棅：调逸。郑谷亦有此作，不多见。(《批点唐诗正声》)

明·王鏊：“君向潇湘我向秦”，不言怅别，而怅别之意溢于言外。(《震泽长语》)

明·高棅；周云：茫茫别意，只在两“向”字写出。(《增订评注唐诗正声》)

相呼相应湘江阔，苦竹丛深春日西

鹧鸪

唐·郑谷

暖戏烟芜锦翼齐，品流应得近山鸡。
雨昏青草湖边过，花落黄陵庙里啼。
游子乍闻征袖湿，佳人才唱翠眉低。
相呼相应湘江阔，苦竹丛深春日西。

注释

烟芜：弥漫着烟雾的荒地。

锦翼齐：彩色的羽毛整整齐齐。

雨昏：下雨的天空阴阴沉沉。

征袖：征，远行。指游子的衣袖。

苦竹：竹的一种，笋味苦涩。

简析

这首描写鹧鸪的诗不重形似，而是将更多笔墨放在表现神韵上。“暖戏烟芜锦翼齐”，一个“暖”字将鹧鸪的习性表现出来，“锦翼”又点染出鹧鸪斑斓醒目的羽色。“品流应得近山鸡”，这里诗人并没有对鹧鸪的形象进行精雕细琢，而是通过描写它的嬉戏活动和与山鸡的比较作了画龙点睛式的勾勒，用以引发人们的联想。随后，诗人用“雨昏青草湖边过，花落黄陵庙里啼”来反复吟咏涉足凄迷荒僻之地，聆听到鹧鸪叫声后黯然神伤的游子。“游子乍闻征袖湿，佳人才唱翠眉低。”这两句转而写人，然而句句不离鹧鸪的啼叫，“相呼相应湘江阔，苦竹丛深春日西”，诗人将笔墨放在感受上，用一群鹧鸪低回飞鸣，声声在浩瀚的江面上回响，来呼应游子的一声长叹，进而引发读者的无限遐思。

齐己

齐己（约860—937），唐末五代僧人。俗姓胡，名德生，长沙人。出家后长期居于长沙道林寺，自称衡岳沙门。后徙居庐山东林寺。其诗多为登临题咏、酬和赠别之作，间流露出佛教的出世思想。有《白莲集》十卷。

明年如应律，先发映春台

早梅

唐·齐己

万木冻欲折，孤根暖独回。
前村深雪里，昨夜一枝开。
风递幽香去，禽窥素艳来。
明年如应律，先发映春台。

注释

孤根：孤：突出独特的个性。这里指梅树的根。

暖独回：阳气开始萌生。

素艳：这里指洁白妍丽的白梅。

应律：这里是按季节的意思。

春台：一个幽美的游览之地。

简析

这是一首称颂早梅的诗，诗人用清丽的语言，含蕴的笔触，刻画了梅花素艳的风韵和傲寒的品性，并以此寄托自己的志向。“万木冻欲折，孤根暖独回”，诗人用对比的手法，描写了梅花不畏严寒的秉性，随后用“前村深雪里，昨夜一枝开”，来描述开在百花之前的梅花，称颂梅花的不同寻常，与此同时透露出诗人突然发现这奇丽景象而产生的惊喜。“风递幽香出，禽窥素艳来”这句从梅花的姿色和风韵写起，形象地描绘了禽鸟发现素雅芳洁的早梅时惊奇的神态。这三联由远及近，由虚到实，很有层次感。最后一句：“明年如应律，先发望春台。”暗指自己怀才不遇和心有不甘，同时表达了要在映春台上独占鳌头的信心。

背景

齐己家庭贫苦，但从小学习非常刻苦。后来进了寺院做和尚。有年雪后的冬天，他清晨一早出门，立即被眼前的一片雪白所吸引，前方的几枝蜡梅怒放，并引来了鸟儿围着唱歌。齐己诗性大发，挥手写下了这首诗。

王贞白

王贞白（875—958），字有道，号灵溪，信州永丰（今江西省上饶市广丰区）人。唐末五代十国著名诗人。唐乾宁二年（895）登进士，七年后（902）授职校书郎，尝与罗隐、方干、贯休同唱和。著有《灵溪集》7卷行世，今编诗一卷。其名句“一寸光阴一寸金”，至今民间广为流传。南唐中兴元年（958），王贞白病卒于故里，时值梁代，朝廷敕赠王贞白为光禄大夫“上柱国公”封号，建立“道公祠”，葬于广丰区城西门外城壕畔。

读书不觉已春深，一寸光阴一寸金

白鹿洞二首·其一

唐·王贞白

读书不觉已春深，一寸光阴一寸金。
不是道人来引笑，周情孔思正追寻。

注释

白鹿洞：在今江西省境内庐山五老峰南麓的后屏山之南，

是山谷间的一个草坪。

一寸光阴一寸金：用金子来比喻光阴，形容时间极为宝贵，应该珍惜。寸阴：极短的时间。

引笑：开玩笑。

周情孔思：指周公和孔子的精义、教导。

追寻：深入钻研。

简析

“读书不觉已春深”，开篇叙事，提到自己读书入神，每天都很充实，不知不觉春都已经快过去了。这一发现让诗人倍感意外，于是生出感慨“一寸光阴一寸金”，用金子来比喻光阴，足以说明时间的宝贵，这是诗人的感悟，也是留给后人不朽的格言。“不是道人来引笑，周情孔思正追寻。”这里开始补叙自己发觉“春深”，是因为白鹿洞的道人路过时开的玩笑，一个修禅的道人必定是耐得住寂寞的，诗人需要道人来“引笑”才肯休息片刻，说明足够专注。道人来的时候，诗人正深入钻研儒家经典呢。从这里可以看出诗人惜时如金、潜心求知的迫切，同时我们也应该了解，知识是靠时间积累起来的，为充实和丰富自己，确实应该珍惜时间。

刘方平

刘方平，生卒年不详，唐玄宗天宝年间诗人，洛阳（今河南洛阳）人。天宝前期曾应进士试，又欲从军，均未如意，从此隐居颍水、汝河之滨，终生未仕。工诗，善画山水。其诗多咏物写景之作，尤擅绝句，其诗多写闺情、乡思，艺术性较高，善于寓情于景，意蕴无穷。代表诗作有《月夜》《春怨》等。

今夜偏知春气暖，虫声新透绿窗纱

月夜

唐·刘方平

更深月色半人家，北斗阑干南斗斜。
今夜偏知春气暖，虫声新透绿窗纱。

注释

更深：古时一夜分为五更，更深是指夜深。

月色半人家：月光只照亮了人家房屋的一半，另一半隐藏在黑暗里。

阑干：横斜的样子。

偏知：出乎意料，才知道。

简析

首句“更深月色半人家，北斗阑干南斗斜”是全诗的亮点，写出了庄户人家的农舍一半被银白色月辉所包围，而另一半却依然坐落在黑暗中。此刻村庄中的大片农舍一边有光，一边阴暗，很有画面感。在这个恬静的春夜，万物的生息迁化在潜行。“今夜偏知春气暖，虫声新透绿窗纱”，此刻，诗人正在全身心地体察大自然，他运用了典型示范的笔法来增强春色迷人的主题。这里诗人运用的主要意象是虫声，然后又补充道“新透绿窗纱”，给人以清新有爱的感觉，清脆悦耳的虫声，透过“绿窗纱”的过滤，剩下的全都是乐音，为这个夜晚增添了些许美好。

寂寞空庭春欲晚，梨花满地不开门

春怨

唐·刘方平

纱窗日落渐黄昏，金屋无人见泪痕。
寂寞空庭春欲晚，梨花满地不开门。

注释

金屋：妃嫔所住的华丽宫室。

简析

这是一首宫怨诗，第二句“金屋无人见泪痕”点破了主题。诗人用金屋藏娇的典故，点明这里是与世隔绝的深宫，而描写的人是被幽闭在宫内的少女。“无人见泪痕”表达了双重含义：一个是由于无人相伴不禁潸然泪下，第二个是在极端孤寂的环境中，即便落泪也没有人能看到。这才是宫人最可悲的地方，泪而留痕，可见其垂泪已有多时。简单几个字，就把宫人的处境和怨情和盘托出。后面两句的孤寂更是登峰造极，宫人甚至连门都不愿出，只躲在屋子里伤怀，可见这种绝望已经深入骨髓了。

崔护

崔护（？—831），字殷功，博陵（今河北定州）人。唐代贞元进士，官居京兆尹、御史大夫、岭南节度使。

其诗风格精练婉丽、语言清新。《全唐诗》存其诗六首。

人面不知何处去，桃花依旧笑春风

题都城南庄

唐·崔护

去年今日此门中，人面桃花相映红。
人面不知何处去，桃花依旧笑春风。

注释

都：这里指当时的国都长安。

人面：指姑娘的脸。第三句中的“人面”代指姑娘。

笑：这里是形容桃花盛开的样子。

简析

这首诗一共四句，包含着一前一后两个场景相同，相互映照的场面："寻春遇艳"和"重寻不遇"。常规下这两个场景，其实可以写成叙事诗的，但作者却将这首诗写成了抒情诗，用感情来感受生活中的情事。

第一个场面描写寻春遇艳："去年今日此门中，人面桃花相映红。"作者抓住了整个过程中最美丽动人的一幕，不仅为艳若桃花的姑娘设置了美好的背景，映衬出少女光彩照人的面影，还含蓄地表现出了诗人和对方含情脉脉却没有说话的情景。第二个场面重寻不遇："人面不知何处去，桃花依旧笑春风。"依然是春光灿烂、百花吐艳的季节，但这一次，人面桃花的姑娘却不知去了何处，只剩下门前一树桃花仍旧在春风中凝情含笑。

背景

这首诗的作者崔护到长安参加进士考试落第后，在长安南郊偶遇一美丽少女，次年清明节重访此女不遇，于是写下了这首诗。

名家点评

宋·沈括：诗人以诗主人物，故虽小诗，莫不埏蹂极工而后已。所谓"旬锻月炼"者，信非虚言。崔护《题城南》诗，其始曰："去年今日此门中，人面桃花相映红。人面不知何处去，桃花依旧笑春风。"后以其意未全，语未工，改第三句曰"人面只今何处在"。至今所传此两本，唯《本事诗》作"只今何处在"。唐人工诗，大率多如此。虽有两"今"字，不恤也，取语意为主耳。后人以其有两"今"字，只多行前篇。(《梦溪笔谈》)

清·吴乔：唐人作诗，意细法密，如崔护"人面不知何处去"，后改为"人面只今何处在"，以有"今"字，则前后交付明白，重字不惜也。(《围炉诗话》)

柳中庸

柳中庸（？—775？），名淡，中庸是其字，唐代边塞诗人。蒲州虞乡（今山西永济）人，为柳宗元族人。大历年间进士，曾官鸿府户曹，未就。与卢纶、李端为诗友。所选《征人怨》是其流传最广的一首。

三春白雪归青冢，万里黄河绕黑山

征人怨·征怨

唐·柳中庸

岁岁金河复玉关，朝朝马策与刀环。
三春白雪归青冢，万里黄河绕黑山。

注释

岁岁：年年岁岁。
刀环：刀柄上的铜环，这里比喻征战的诗情。
三春：这里是指暮春。

简析

这是一首广为传颂的边塞诗，描写了一位征人的怨情。前两句记事，从“岁岁”说到“朝朝”，年复一年，东奔西走，日复一日，征战不休。诗人通过“马策”“刀环”这样细小的物件，展现了军中生活，为读者打开了遐思的大门，又通过“复”“与”强调了无穷无尽的怨情。“三春白雪归青冢”，“青冢”是王昭君的坟墓，正值暮春，在苦寒的塞外，只有白雪落向青冢而已。如此萧杀的情景让人倍感悲凉，“万里黄河绕黑山”，诗人想到青冢附近的黑山，似乎看到了征戍之地的寒苦与荒凉。整首诗虽然没有一个字写到“怨”，却将怨恨之情贯穿全篇，让读者感同身受。

背景

这首诗约作于唐代宗大历年间（766—779），当时吐蕃、回鹘多次侵扰唐朝边境，唐朝西北边境不得安宁，守边战士长期无法归家。

名家点评

清・宋顾乐：直写得出，气格亦好。（《唐人万首绝句选评》）

俞陛云：四句皆作对语，格调雄厚。前二句言情；后二句写景，嵌“白”“青”“黄”“黑”四字，句法浑成。（《诗境浅说续编》）

吴融

吴融，生卒年不详，唐代诗人。字子华，越州山阴（今浙江绍兴）人。

林空色暝莺先到，春浅香寒蝶未游

途中见杏花

唐·吴融

一枝红杏出墙头，墙外行人正独愁。
长得看来犹有恨，可堪逢处更难留！
林空色暝莺先到，春浅香寒蝶未游。
更忆帝乡千万树，澹烟笼日暗神州。

简析

这首诗是诗人在外漂泊时，偶然见到杏花，触景生情写下的。当时他正独自奔波于茫茫的旅途中，各种忧思盘结胸间，而那枝昭示着青春与生命的杏花却在心头留下了异样的滋味。

对珍爱鲜花，喜欢春天的诗人来说，花开易落，青春即逝，即便一直守着观赏，也看不了多长时间，想到这里，不免惹起无端的惆怅，更何况自己行色匆匆，恐怕等不及花朵开完就要离开，缘分如此短暂，让人倍感难堪。因为此时还没有到百花吐艳春意浓郁的时候，所以独自盛开的杏花势必会觉得孤独，这与诗人的身世有些相仿，也得到了诗人的共鸣。从眼前的鲜花，联想到往年在京城看到的千万树红杏，诗人无限感慨，隐喻了对于长安的怀念，虽然自己被迫离开朝廷，但仍然心系国事，只是无计可施罢了。

张泌

张泌生卒年不详，字子澄，安徽淮南人。五代后蜀词人。是花间派的代表人物之一。其词用字工炼，章法巧妙，描绘细腻，用语流便。

多情只有春庭月，犹为离人照落花

寄人

唐·张泌

别梦依依到谢家，小廊回合曲阑斜。
多情只有春庭月，犹为离人照落花。
酷怜风月为多情，还到春时别恨生。
倚柱寻思倍惆怅，一场春梦不分明。

注释

谢家：这里指闺中女子。
回合：回绕，环绕。
离人：这里指寻梦的人。

简析

这首诗以诗代柬，表达了自己内心的想法，这在古代十分常见。诗从一个梦境的叙述开始，诗人曾经在女子家里与其相见，曲径回廊都是当年旧游或定情的地方，因此梦中诗人觉得他再一次故地重游，院子里一切都很熟悉，两个人曾在走廊谈心，曲折的阑干似乎还留着自己用手摸过的痕迹，但眼前一切依旧，相思的人却不见了。诗人四处徘徊，直到连自己都不知道该如何从梦境中走出来。于是作者自问，还剩下什么呢？一轮皎月，刚好将幽冷的清光洒在园子里，地上的片片落花，反射出惨淡的颜色。花落了，明月却依然映照，这说明诗人心中始终没有忘记，还有对这位女子的抱怨，希望女子还能给自己一些音讯。

背景

诗人张泌曾与一位女子相爱，后来分手了，但诗人始终没有忘记这段恋情，但是在封建礼教的阻隔下，不能直截了当地倾吐衷肠，只能借用诗的形式来表达，这也是此诗的写作原因。

名家点评

明·敖英、凌云：末二句无情翻出有情。(《唐诗绝句类选》)

明·周珽：张泌《寄人》二诗，俱情痴之语。(《唐诗选脉会通评林》)

清·邹弢：以多情春光为寓意，末二句结构佳妙。(《精选评注五朝诗学津梁》)

崔道融

崔道融（？—约907），自号东瓯散人，荆州（今湖北江陵）人。唐朝末年避乱永嘉，昭宗时出任永嘉县令，官至右补阙，未就职。

崔道融长于绝句，用语精妙，风格闲淡。有《东浮集》10卷。《全唐诗》存诗1卷。

浣纱春水急，似有不平声

西施滩

唐·崔道融

宰嚭亡吴国，西施陷恶名。
浣纱春水急，似有不平声。

注释

西施滩：西施，春秋时期的越国美女，因为西施常在此浣纱，西施滩因而得名。

宰嚭：即伯嚭。春秋时，吴国太宰，又称太宰嚭。

陷：承担。

简析

这首诗立意新颖，议论形象而富有感情，和一般吊古伤今的登临之作不同，是专门针对“女人祸水”这一传统的历史观念，为西施翻案的。

“宰嚭亡吴国，西施陷恶名。”诗的上联旨在澄清史实。据《史记》记载，越王勾践为了雪耻，派大夫文种将宝器、美女（西施在其中）贿通吴太宰伯嚭，准许越国求和，从此获得休养生息的机会，最终灭掉了吴国。诗人就此推翻了“女人祸水”论，把颠倒了的史实再颠倒过来。一般来说，议论入诗容易流于枯涩，但这里诗人将议论和抒情有机地结合在一起，为西施辩白之后，他自然地将笔锋转向西施滩，描写了西施滩春日的情景。西施当年浣纱的滩头江水湍急流过，像是为她蒙上一层历史的污垢发出如泣如诉的声音，诉说着世事的不平。

冯延巳

冯延巳（约903—960），一名延嗣，字正中，广陵（江苏扬州）人。南唐时为秘书郎，累官至中书侍郎拜平章事，出镇抚州。

冯词语言清新、多写男女离情别恨和士大夫的伤感落寞情怀，擅长刻画人物内心活动，在五代词人中与温庭筠、韦庄齐名。有《阳春集》存世。

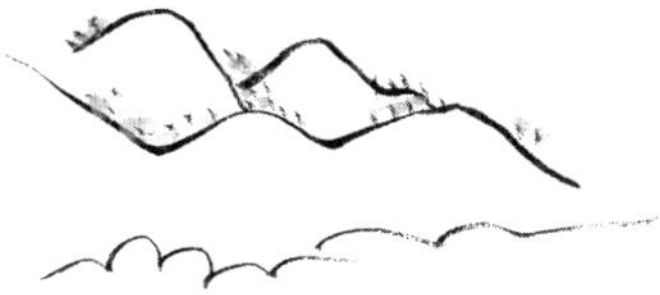

砌下落花风起，罗衣特地春寒

清平乐·雨晴烟晚

五代·冯延巳

雨晴烟晚，绿水新池满。
双燕飞来垂柳院，小阁画帘高卷。
黄昏独倚朱阑，西南新月眉弯。
砌下落花风起，罗衣特地春寒。

注释

朱阑：红色的栏杆。

砌：台阶。

特地：这里指特别。

简析

这首诗描写了少妇独居伤怀、望夫归来的情景。在雨晴烟晚，池满绿水，垂柳穿燕的境况下，她倚栏凝望西南的一弯新月，但孤独无眠的凄冷感受和内心苦闷却无从表达。

词的上片描写节候、环境以及这位少妇所见的景物特色。“雨晴烟晚，绿水新池满”，雨后放晴，烟雾弥漫，暮色中隐约可见新池绿水，“双燕飞来垂柳院，小阁画帘高卷”，乍一看春色挺美，但继而看到暮色中归来的双燕在种着垂柳的庭院中翻飞盘旋，心弦被触动，燕子成双入对，自己却只能把阁中画帘高高卷起。词的下片描绘了少妇孤独凄冷的处境。“黄昏独倚朱阑。西南新月眉弯。”黄昏倚栏是为了眺望远景吗？自然不是，她其实在盼望夫君归来。“砌下落花风起，罗衣特地春寒。”从卷帘望飞燕到倚阑盼归人而望月，地点不断变化，人依然未归，心绪不定的少妇再次来到阶砌伫立等待。

背景

这是词人在感慨时局之乱，排忧解闷的时候写下的，当时南唐时期冯延巳居宰相之职，朝廷里党争激烈，朝士分为两党，使得李璟痛下决心，铲除党争。

名家点评

清·刘融斋：冯延巳词，晏同叔得其俊，欧阳永叔得其深。(《艺概》)

王国维：冯正中词虽不失五代风格而堂庑特大，开北宋一代风气。(《人间词话》)

李煜

李煜（937—978），初名从嘉，字重光，号钟隐、莲峰居士，金陵（今江苏南京）人，南唐最后一位国君。李煜精书法、工绘画、通音律，诗文均有一定造诣，尤以词的成就最高。李煜的词，继承了晚唐以来花间派词人的传统，语言明快、形象生动、用情真挚，风格鲜明，其亡国后词作更是题材广阔，含义深沉，在晚唐五代词中独树一帜，对后世词坛影响深远。

春花秋月何时了？往事知多少

虞美人·春花秋月何时了

五代·李煜

春花秋月何时了？往事知多少。小楼昨夜又东风，故国不堪回首月明中。

雕栏玉砌应犹在，只是朱颜改。问君能有几多愁？恰似一江春水向东流。

注释

虞美人：此调的出处为项羽的宠姬虞美人死后地下开出

一朵鲜花，又叫《一江春水》《玉壶水》《巫山十二峰》等。双调，五十六字，上下片各四句，皆为两仄韵转两平韵。

雕栏玉砌：指远在金陵的南唐故宫。砌：台阶。

朱颜改：指所怀念的人已衰老。

简析

“春花秋月何时了？往事知多少。”春暖花开，中秋月圆，岁月不断更替，人生多么美好，然而作者的苦难岁月何时才能完结呢？回首往昔，从万人之上的帝王沦为阶下囚，此时此刻心中不仅悲苦愤慨，还有些许悔恨。

“小楼昨夜又东风，故国不堪回首月明中。”居住的小楼再一次被春风吹过，回想起南唐王朝和李氏的社稷，想到自己的国家已经灭亡，有着无尽的哀伤。

“雕栏玉砌应犹在，只是朱颜改。”虽然“故国不堪回首”，但还是忍不住再次想起，如今故都金陵华丽的宫殿大概还在，只是那些丧国的宫女朱颜已改。

“问君能有几多愁？恰似一江春水向东流。”这句发人深思的设问，把作者的哀思描写得淋漓尽致。

背景

宋太祖开宝八年（975），宋军攻破南唐都城金陵，李煜奉表投降，南唐灭亡。三年后，即宋太宗太平兴国三年（978），李煜归宋已近三年，当时徐铉奉宋太宗之命探视李煜，李煜对徐铉叹曰：“当初我错杀潘佑、李平，悔之不已！”在这种心情之下，李煜写下了这首词。

名家点评

宋·陈师道：今语例袭陈言，但能转移耳。世称秦词“愁如海”为新奇，不知李国主已云“问君能有几多愁？恰似一江春水向东流”，但以“江”为“海”尔。(《后山诗话》)

明·董其昌：山谷羡后主此词。荆公云：“未若‘细雨梦回鸡塞远，小楼吹彻玉笙寒’尤为高妙。”(《评注使读草堂诗馀》)

清·王士祯：钟隐入汴后，“春花秋月”诸词，与“此中日夕只以眼泪洗面”一帖，同是千古情种，较长城公煞是可怜。(《花草蒙拾》)

张先

张先（990—1078），字子野，乌程（今浙江湖州）人。天圣八年（1030）进士。历任宿州掾、吴江知县、嘉禾（今浙江嘉兴）判官。皇祐二年（1050），晏殊知永兴军（今陕西西安），辟为通判。后以屯田员外郎知渝州，又知虢州。以尝知安陆，故人称“张安陆”。治平元年（1064）以尚书都官郎中致仕，元丰元年卒，年89岁。

惜春更把残红折

千秋岁·数声鶗鴂

宋·张先

数声鶗鴂。又报芳菲歇。惜春更把残红折。
雨轻风色暴，梅子青时节。永丰柳，无人尽日飞花雪。
莫把幺弦拨，怨极弦能说。天不老，情难绝。
心似双丝网，中有千千结。夜过也，东窗未白凝残月。

注释

千秋岁：词牌名。

鶗鴂：也叫子规、杜鹃。

永丰柳：泛指园柳，也用来比喻孤寂无靠的女子。

简析

这首词高而情深，含蓄又发越，兼有婉约与豪放两派的风格。词人通过描述，表达了爱情横遭阻抑的幽怨和自己坚定不移的信念，悲欢离合，极尽曲折。上片写的是暮春景色，雨轻风紧，催落繁花；杜鹃啼血，呼唤着春天的完结，时刻都在营造浓郁的伤感气氛。舍不得春日离去的词人，在花丛中寻找残花，将其轻轻摘下，想极力挽留。紧接着，词人用飘零的杨花来描绘春的落寞和人心的寒冷。下片用“不老”的“天”与“难绝”的“情”相对比，然后用“千千结”的“双丝网”来比喻忧思百结的愁心，将愁情别怨表达得深入人心，最后用夜将尽的孤灯作结，将整个抒情氛围笼罩在漆黑的夜晚，又把未了的情思和东窗未白、残月犹明作结，让人意犹未尽。

名家点评

宋·晁无咎：子野韵高，是耆卿所乏处。近世以来，作者皆不及。(《能改斋漫录》十六引)

清·陈廷焯：子野词里“有含蓄处，亦有发越处；但含蓄不似温韦，发越亦不似豪苏腻柳”。(《白雨斋词话》)

送春春去几时回

天仙子·水调数声持酒听

宋·张先

水调数声持酒听，午醉醒来愁未醒。
送春春去几时回，临晚镜，伤流景，往事后期空记省。
沙上并禽池上暝，云破月来花弄影。
重重帘幕密遮灯，风不定，人初静，明日落红应满径。

注释

水调：曲调名。

流景：景，日光。这里指逝去的光阴。

并禽：这里代指鸳鸯。

简析

这首词是北宋词中名篇，也是张先的享誉之作。词的上阕写春愁的无限和人生遗憾，用了五句话描写了五件伤怨的情事：《水调》歌哀怨的歌声，酒醉后愁还未结，春归去不知何时能回，对镜感伤年华易逝，回忆往事历历在目，但只能梦里相会。下阕通过成双的鸳鸯来反衬自己的孤独，用月弄花影烘托出人生的无奈，以“落红应满径”暗喻情绪的低落，将年老位卑、前途渺茫的感情与暮春之景交融在了一起，尤其“云破月来花弄影”成为了千古传诵的名句。

背景

这首词是宋仁宗庆历元年（1041），作者在嘉禾（今浙江省嘉兴市）担任判官时所作，当时作者已经52岁。

名家点评

宋·陈师道：尚书郎张先善著词，有云："云破月来花弄影""帘压卷花影""堕飞絮无影"，世称诵之，谓之"张三影"。(《后山诗话》)

明·沈际飞："云破月来"句，心与景会，落笔即是，着意即非，故当脍炙。(《草堂诗余正集》)

明·杨慎："云破月来花弄影"，景物如画，画亦不能至此，绝倒绝倒！(《词品》)

晏殊

晏殊（991—1055），字同叔，抚州临川人。北宋著名文学家、政治家。晏殊能诗、善词，文章典丽，书法皆工，而以词最为突出，有“宰相词人”之称。他的词，风格含蓄婉丽，吸收了南唐“花间派”和冯延巳的典雅流丽词风，开创北宋婉约词风，被称为“北宋倚声家之初祖”。

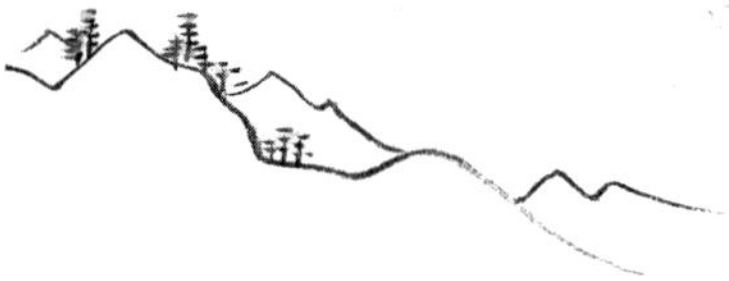

一场春梦日西斜

浣溪沙·玉碗冰寒滴露华

宋·晏殊

玉碗冰寒滴露华，粉融香雪透轻纱。晚来妆面胜荷花。
鬓蝉欲迎眉际月，酒红初上脸边霞。一场春梦日西斜。

注释

《浣溪沙》：唐代教坊曲名。

玉碗：古代富贵人家冬时用玉碗贮冰于地窖，夏时取以消暑。

粉融：脂粉和汗水相互交融。

香雪：比喻女子肌肤的芳洁。

胜荷花：比喻女子的美貌。

鬓骅：鬓发下垂的样子，比喻仕女梳妆的美丽。

眉际月：古时女子的面饰，在两眉之间。

简析

这首诗用白描的手法描绘了一幅夏日黄昏的昼梦方醒、晚妆初罢、面色潮红的仕女午休初醒图，全词婉转有致，具有生活气息，犹如一幅别具韵味、浓墨重彩的油画。

上片从室内特定的景物写起，由玉碗中凝结着的寒冰和碗边若露华欲滴的水珠，转而写到室中人，一位美丽的仕女，穿着轻薄的纱衣，芬芳洁白的肌体，有着浓妆艳抹的面容。读者轻易就能从词中看到一位夏日黄昏女子妆罢的情景。过片写仕女下垂的鬓发，已经接近眉间额上的月形妆饰；微红的酒晕，又如红霞飞上脸边。下片前两句描写仕女微醺的情态，可以想见，这位美艳的姑娘穿着单薄的衣服，晚妆初过，盈盈伫立，独倚暮霞，悄迎新月。一句“一场春梦日西斜”，告诉我们原来上面这些内容，都是昼眠梦醒后的情景。

背景

作为太平时代的宰相，词人过着幽静闲雅的生活，却又流露出落寞无奈的惆怅心绪。他虽然长居高位，但却看清了富贵人家的通病：闲愁，这首词正是抒发了词人的这种感觉。

欧阳修

欧阳修（1007—1072），字永叔，号醉翁，晚号六一居士，吉州永丰（今江西吉安永丰县）人，北宋政治家、文学家。欧阳修是在宋代文学史上最早开创一代文风的文坛领袖。他领导了北宋诗文革新运动，继承并发展了韩愈的古文理论。其诗议论、叙事、抒情融为一体，语言清新流畅，风格流丽婉转。

不见去年人，泪湿春衫袖

生查子·元夕

宋·欧阳修

去年元夜时，花市灯如昼。
月上柳梢头，人约黄昏后。
今年元夜时，月与灯依旧。
不见去年人，泪湿春衫袖。

注释

元夜：古代元宵节的夜晚，有观灯闹夜的民间风俗，从十四到十六三天，开宵禁，游灯街花市，通宵歌舞，盛况空前，同时也是年轻人密约幽会，谈情说爱的时刻。

花市：古代民俗，每年春天卖花、赏花的集市。

灯如昼：灯火如同白天一样，形容当时元宵节的繁华景象。

春衫：年轻时候穿的衣服，也指年轻时的自己。

简析

这是一首相思词，描写了去年与情人相会时的甜蜜和今日独自一人的痛苦。

词的上阕写“去年元夜”的事情，“去年元夜时，花市灯如昼。”春日花市元宵节的灯如同白天一样明亮，不仅可以观灯赏月，年轻男女还可以在灯火阑珊处秘密相会，“月上柳梢头，人约黄昏后”，柔情蜜意溢于言表。下阕写“今年元夜”的境况，“今年元夜时，月与灯依旧。”尽管闹市佳节良宵美景与往年并无二致，但一句“不见去年人，泪湿春衫袖”，将诗人的情绪拉至低谷，一个“湿”字，将物是人非，旧人难忘但旧情难续的感伤表现得淋漓尽致，让人感慨万千。

背景

这首词是诗人景祐三年（1036）元宵佳节期间，怀念他的第二任妻子杨氏夫人所作。

名家点评

明·徐士俊：元曲之称绝者，不过得此法。(《古今词统》)

清·王士祯：今世所传女郎朱淑真“去年元夜时，灯市花如昼”(《生查子》词)，见《欧阳文忠公集》一百三十一卷，不知何以讹为朱氏之作。世遂因此词，疑淑真失妇德，记载不可不慎也。(《池北偶谈》)

游人不管春将老，来往亭前踏落花

丰乐亭游春·其三

宋·欧阳修

红树青山日欲斜，长郊草色绿无涯。
游人不管春将老，来往亭前踏落花。

注释

红树：这里是指开着红花或落日反照下的树。

无涯：没有边际。

春将老：春天即将过去。

简析

这首诗是欧阳修三则描写春天的诗歌中的其中一首，主要写对春天的怜惜和依依不舍。青山红树，白日西沉，悠悠碧草，一望无垠。天色将晚的时候，春也即将归去，然而多情的游客却毫不在意，只顾踏着落花，来往于丰乐亭前，欣赏暮春的美景。

在这里，诗人将对春天的眷恋之情写得缠绵却又酣畅，在这些惜春的游人中，诗人是特别的一位，因为别人看到的只是美景，诗人看到的却还有惆怅。

背景

欧阳修于庆历六年（1046）在滁州郊外山林间造了丰乐亭，次年三月写下这组诗。

平芜尽处是春山，行人更在春山外

踏莎行·候馆梅残

宋·欧阳修

候馆梅残，溪桥柳细，草薰风暖摇征辔。
离愁渐远渐无穷，迢迢不断如春水。
寸寸柔肠，盈盈粉泪，楼高莫近危阑倚。
平芜尽处是春山，行人更在春山外。

注释

候馆：等候和迎接宾客的旅馆。

草薰：薰，香气侵袭。小草散发的清香。

粉泪：泪水流到脸上，与粉妆和在一起。

平芜：芜，草地。平坦地向前延伸的草地。

简析

这首词描写了早春的离情相思。词的上片写的是行人客旅的离愁别绪，用时空的转换，描写人在旅途，漂泊无依，不确定归期的茫然和剪不断理还乱的愁绪。下片描写了思妇在家的离愁，两地相思的情怀和对于高楼的企盼与遐想。虽然这首诗的题材很常见，但手法奇妙，意境优美，让人读起来含蓄深沉。上片“离愁渐远渐无穷，迢迢不断如春水”两句是整首词的重点，以不断的春水比喻无穷之离愁，化抽象为具象，比喻贴切。渐行渐远，离愁上心，渐远渐无穷，自然而又真实地再现了行者离情别绪萌生渐深的过程。

背景

这是欧阳修早年行役江南时的作品，当作于宋仁宗明道元年（1032）暮春。

名家点评

宋·黄升：句意最工。(《唐宋诸贤绝妙词选》)

明·卓人月："芳草更在斜阳外""行人更在春山外"两句，不厌百回读。(《古今词统》)

明·李攀龙：春水写愁，春山骋望，极切极婉。(《草堂诗余隽》)

王安石

王安石（1021—1086），字介甫，号半山，临川人，北宋著名思想家、政治家、文学家。其诗“学杜得其瘦硬”，重炼意和修辞，擅长说理与修辞，晚年诗风含蓄深沉、深婉不迫，以雅丽精绝的风格在北宋诗坛自成一家，世称“王荆公体”。

爆竹声中一岁除，春风送暖入屠苏

元日

宋·王安石

爆竹声中一岁除，春风送暖入屠苏。
千门万户曈曈日，总把新桃换旧符。

注释

一岁除：一年已尽。除，逝去。

曈曈：日出时光亮而温暖的样子。

桃：桃符，农历正月初一悬挂在门旁，用来压邪，是一种古代风俗，也作春联。

简析

这是一首描写古代迎接新年的即景之作，取材于民间习俗，作者摄取老百姓过春节时的典型素材，抓住有代表性的生活细节：点燃爆竹，饮屠苏酒，换新桃符，富有浓厚的生活气息，同时充分表现出年节的欢乐气氛。

首句描写古代每年的正月初一，全家老小饮屠苏酒，然后用红布把渣滓包起来，挂在门框上，用来“驱邪”和躲避瘟疫。第二句写家家户户都沐浴在初春朝阳的温煦中。第三句因为七绝每句字数限制的缘故，将“新桃”和“旧符”交替运用，描写新年的习俗。

这首诗虽然用了白描手法，但在渲染喜气洋洋的节日气氛的同时，也通过元日更新的习俗寄托了自己的思想，表现得含而不露。

背景

这首诗是王安石刚刚出任宰相，推行新法时所作，表达了自己对新政的信心。

名家点评

熊柏畦：这首诗既是句句写新年，也是句句写新法。两者结合得紧密贴切，天衣无缝，把元日的温暖光明景象，写得如火如荼，歌颂和肯定了实行新法的胜利和美好前途。(《宋八大家绝句选》)

姚奠中：用一“换”字，既写出当时的风俗习惯，更为读者开辟了新的诗意。揭示出新的代替旧的，进步的代替落后的历史发展的这个不可抗拒的规律。(《唐宋绝句选注析》)

春风又绿江南岸，明月何时照我还

泊船瓜洲

宋 · 王安石

京口瓜洲一水间，钟山只隔数重山。
春风又绿江南岸，明月何时照我还。

注释

绿：这里是动词，吹绿。

京口：古城名，故址在江苏镇江市。

瓜洲：镇名，在长江北岸，扬州南郊。

一水：指长江。一水间指相隔着一条长江。

钟山：在江苏省南京市紫金山。

简析

这首诗从字面上来读，流露出了对故乡浓浓的思念之情，能够看出诗人急切想要飞舟渡江，回家和家人团聚。但如果仔细去看，字里行间也蕴含着他重返政治舞台，推行新政的强烈欲望。

首句“京口瓜洲一水间”写到诗人站在瓜洲渡口，放眼向南看去，发现“京口”和“瓜洲”竟然只隔了一条江水，如果飞舟渡江，顷刻就到。第二句“钟山只隔数重山”写出了诗人对钟山的依恋和回望。第三句“春风又绿江南岸”描绘了江边美丽的春色，寄托了诗人的情思。这个“绿”字是诗人经过反复斟酌的，非常有表现力。最后一句“明月何时照我还”，诗人回望太久，不觉已经日落西沉，皓月初上，隔岸的景物渐渐消失在了朦胧的月色当中，而对于钟山的依恋却越来越浓，他深信自己终有一日可以实现愿望。

背景

这首诗是王安石第二次拜相进京的时候写的，当时是熙宁八年（1075）二月。但这个时间也有争议，具体说法有三种：①宋神宗熙宁元年（1068），王安石应召自江宁府赴京任翰林学士，途经瓜洲后所作；②神宗熙宁七年（1074），王安石第一次罢相自京还金陵，途经瓜洲时所作；③神宗熙宁八年（1075），王安石第二次拜相，自江宁赴京途经瓜洲时所作。

名家点评

宋·吕本中：“文字频改，工夫自出。”(《童蒙诗训》)

宋·许顗“超然迈伦，能追逐李杜陶谢。”(《彦周诗话》)

程颢

程颢（1032—1085），字伯淳，洛阳（今河南省洛阳市）人。北宋时期著名理学家，学者称“明道先生”。程颢与其弟程颐同为理学奠基人，早年从学周敦颐，世人并称“二程”。

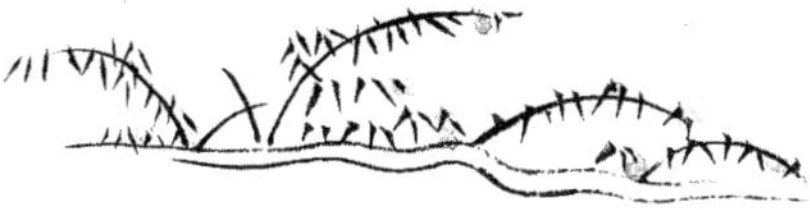

芳原绿野恣行事，春入遥山碧四围

郊行即事

宋·程颢

芳原绿野恣行事，春入遥山碧四围。
兴逐乱红穿柳巷，困临流水坐苔矶。
莫辞盏酒十分劝，只恐风花一片飞。
况是清明好天气，不妨游衍莫忘归。

注释

恣行：放纵地尽情游赏。

兴：随心所欲趁着兴头。

游衍：游玩超过了界限。

简析

这是一首七言律诗，描写了清明节春天原野上清新的景致，诗人将追逐落花的小游戏写进了诗里，在平添几许稚趣的同时，劝说世人珍惜友情、珍惜时光。

根据以往经验，清明这一天往往会下雨，但诗人的笔下却是一个难得晴朗的好天气，这首诗可以分为两个部分，前面部分写郊外踏春，后面写春游所得的感想。清明美丽的原野，景色清新如洗，流水漂着落花，疲惫的行人坐下欣赏美景，想到时间的珍贵和聚少离多的世事，想到朋友，觉得人生中经历的事物和感情，终究也会烟消云散，与其好高骛远不如抓住现在，珍惜眼前的美好。

黄庭坚

黄庭坚（1045—1105），字鲁直，号山谷道人，晚号涪翁，洪州分宁（今江西九江修水县）人，北宋著名文学家、书法家。黄庭坚的诗以唐诗的集大成者杜甫为学习对象，提出了“点铁成金”和“夺胎换骨”等诗学理论，成为了江西诗派作诗的理论纲领和创作原则。其诗注重用字，讲究章法，法度严谨，说理细密，对后世的诗歌创作产生了深远的影响。

桃李春风一杯酒，江湖夜雨十年灯

寄黄几复

宋·黄庭坚

我居北海君南海，寄雁传书谢不能。
桃李春风一杯酒，江湖夜雨十年灯。
持家但有四立壁，治国不蕲三折肱。
想得读书头已白，隔溪猿哭瘴溪藤。

注释

“寄雁”句：传说大雁南飞不会过衡阳，更不用说岭南了。

四立壁：形容家境贫困，出自《史记·司马相如传》。

蕲：祈求。

瘴溪：传说岭南边远的地方多瘴气。

简析

“我居北海君南海”，这首诗第一句就交代了两人的距离，让人一眼就看出诗人怀念友人、望而不见的痛苦，一个“海”字更显得相隔遥远。“寄雁传书谢不能”，朋友之间一个在北海，一个在南海，相思不相见，然而因为距离太远，连寄信都寄不到。“桃李春风一杯酒，江湖夜雨十年灯”，这两句诗中既有对京城相聚之乐的追忆，又有别离后的相思。后面四句从“持家”“治国”“读书”三个方面表现黄几复的为人和处境，作为一个县的长官，家徒四壁，说明他非常廉洁，又说明他把精力都用在了“治国”和“读书”上了。尾联以“想得”起头，与首句相呼应，在诗人眼中，十年前与自己把酒畅饮的朋友，如今已经白发萧萧，仍然像从前那样好学不倦，却依然只是海滨的一个县令。最后一句“隔溪猿哭瘴溪藤”给整首诗带来了凄凉的氛围，也显示出诗人对朋友的怜惜和不平。

背景

这首诗作于宋神宗元丰八年（1085），当时诗人监德州（今属山东）德平镇，触景生情想到天南海北的老朋友，因此写下这首诗。

名家点评

宋·王直方：张文潜尝谓余曰：“黄九诗‘桃李春风一杯

酒，江湖夜雨十年灯’，真是奇语。”(《王直方诗话》)

宋·陈模：山谷“桃李春风一杯酒，江湖夜雨十年灯”，尽言杯酒别又十年灯矣。同一机轴，此最高处。(《怀古录》)

春无踪迹谁知

清平乐·春归何处

宋·黄庭坚

春归何处？寂寞无行路。
若有人知春去处，唤取归来同住。
春无踪迹谁知，除非问取黄鹂。
百啭无人能解，因风飞过蔷薇。

注释

无行路：春来来去去没有踪迹。

问取：取，语助词。询问，呼唤。

因风：顺着风势。

简析

首词构思巧妙，设想新奇，意境优美，词人用委婉曲折的笔锋，描写了惜春之情，一步一步加深，直到最后仍不一语道破，让人感觉余音袅袅，言虽尽而意未尽。

“春归何处？寂寞无行路。”上片首句先对春的归去提出设问，春天到哪里去了，为什么连个踪迹都没有，一下就把春天拟人化了。“若有人知春去处，唤取归来同住。”词人转而询问有谁知道春天的行踪，希望能把春天叫回来。这种用曲笔渲染惜春的程度，让词情变得跌宕起伏。下片“春无踪迹谁知，除非问取黄鹂”将思路引到事物上，因为黄鹂春去夏来时才会出现，词人觉得它应该知道春的消息，丰富的想象力让人倍感情趣。“百啭无人能解，因风飞过蔷薇”，然而嘤嘤鸟语，没有人能听懂，黄鹂毕竟只是个小生物，一阵风起，它就随风飞到蔷薇花那边去了。春的踪迹最终无法找寻，心头的寂寞也更加深重了。

背景

宋徽宗崇宁二年（1103），蔡京立元祐党人碑，黄庭坚被除名，编管宜州，这首送春词写于贬宜州的翌年，即崇宁四年（1105）。同年九月黄庭坚在此地溘然长逝。

名家点评

薛砺若：山谷词尤以《清平乐》为最新，通体无一句不俏丽，而结句“百啭无人能解，因风飞过蔷薇”，不独妙语如环，而意境尤觉清逸，不着色相。为山谷词中最上上之作，即在两宋一切作家中，亦找不着此等隽美的作品。(《宋词通论》)

宋·胡仔：山谷词云：“春归何处？寂寞无行路。若有人知春去处，唤取归来同住。”王逐客云：“若到江南赶上春，千万和春住。”体山谷语也。(《苕溪渔隐丛话》)

虢寿麓：这是首惜春词。耳目所触，莫非初夏景物。而春实已去。飘然一结，淡雅饶味。通首思路回环，笔情跳脱，全以神行出之，有峰回路转之妙。(《历代名家词百首赏析》)

秦观

秦观（1049—1100），字太虚，又字少游，别号邗沟居士、淮海居士，世称淮海先生。北宋高邮（今江苏高邮市）人。“苏门四学士”之一。他被尊为婉约派一代词宗，其作品哀感顽艳，幽婉动人，精巧工致，辞情相称，《全宋词》收其词140余首。

有情芍药含春泪，无力蔷薇卧晓枝

春日

宋·秦观

一夕轻雷落万丝，霁光浮瓦碧参差。
有情芍药含春泪，无力蔷薇卧晓枝。

注释

丝：比喻细雨。

霁光：霁：雨后放晴。下雨天晴后明媚的阳光。

参差：高低错落的样子。

春泪：形容雨点。

简析

这首诗在全篇的意境上以“春愁”统摄，虽不露一“愁”字，但可从芍药、蔷薇的情态中领悟，又曲折体现了诗人由于宦途艰险而形成的多愁善感的性格。

“一夕轻雷落万丝，霁光浮瓦碧参差。”这首诗刚一开篇就捕捉到了春雨“万丝”的特色，然后将镜头的焦点对准庭院一隅，拍摄下雨后晴春晓日的精巧画面。雷是“轻”的，雨如“丝”般，春雨的特色诗人只用两个字就揭示出来了。碧绿的琉璃瓦，被整夜的春雨冲刷得干干净净，晶莹剔透，如同翡翠一般，瓦上的露珠在晨曦的辉映下，鲜艳夺目。“有情芍药含春泪，无力蔷薇卧晓枝。”这里通过对偶的形式和拟人的手法，衬托了庭院的华丽，描绘了亭亭玉立的芍药和百媚千娇的蔷薇。诗人采用以美人喻花的手法，又加上对仗，描写雨后犹如多情少女般泪光闪闪，含情脉脉的芍药，卧在枝旁柔弱无骨的蔷薇，让人觉得美不胜收。

名家点评

宋·王安石：其诗清新妩媚，鲍、谢似之。(《宋史》)

宋·李清照：后晏叔原、贺方回、秦少游、黄鲁直出，始能知之。又晏苦无铺叙。贺苦少重典。秦即专主情致，而少故实。譬如贫家美女，虽极妍丽丰逸，而终乏富贵态。(《词论》)

金·元好问：有情芍药含春泪，无力蔷薇卧晓枝。拈出退之山石句，始知渠是女郎诗。(《论诗绝句》)

清·陈廷焯：大抵北宋之词，周、秦两家，皆极顿挫沉郁之妙。而少游托兴尤深，美成规模较大，此周、秦之异同也。(《白雨斋词话》)

指冷玉笙寒，吹彻小梅春透

如梦令·春景

宋·秦观

莺嘴啄花红溜，燕尾点波绿皱。
指冷玉笙寒，吹彻小梅春透。
依旧，依旧，人与绿杨俱瘦。

注释

玉笙：珍贵的管乐器。

小梅：乐曲名。

简析

这是一首因伤春而作的怀人之诗。前两句从春写起，莺歌燕舞，花红柳绿，自然春光无限美好，然而后面两句突然转而悲苦，化用李璟《山花子》中的“小楼吹彻玉笙寒”。这让读者不禁心生疑惑，春光明媚，本来应该产生舒适欢畅的感觉，女主人为什么会有这种忧伤情绪呢？“依旧，依旧，人与绿杨俱瘦。”柳絮杨花，标志着春天已经快要离开，同时还暗藏着别情和相思。蒙蒙飞絮，如同一段剪不断理还乱的思念之情。正因为那段刻骨铭心的相思，因此忧思约带、腰肢瘦损。读完这首词，萦绕在读者眼前的，是一幅花落絮飞，佳人对花兴叹、怜花自怜的画作，也是一声为女主人深表同情的叹息。

徐俯

徐俯（1075—1141），宋代江西派著名诗人之一。字师川，自号东湖居士，原籍洪州分宁（今江西修水县）人，后迁居德兴天门村。徐禧之子，黄庭坚之甥。工诗词，著有《东湖集》，不传。

春雨断桥人不度，小舟撑出柳阴来

春游湖

宋·徐俯

双飞燕子几时回？夹岸桃花蘸水开。
春雨断桥人不度，小舟撑出柳阴来。

注释

蘸水：湖中的水很慢，岸边的桃树枝条贴着水面开放。

断桥：湖水漫过桥面。

撑：这里指用船篙推船前进。

简析

这首诗通过燕子归来，桃花盛开，描绘出春日的湖光美景，同时将春雨断桥、小舟摆渡作为春日的特色进行描写，将满湖春色全然托出。

“双飞燕子几时回？夹岸桃花蘸水开。”燕子到来，象征着春天的来临，诗人用一句设问，表达了当时的惊讶和喜悦，放眼一看，春天果然来了，湖边的桃花盛开了，但因为湖面水涨，花枝落在了水里，岸上水中的花枝连成一片，远处望见，仿佛蘸水而开，景色迷人。“春雨断桥人不度，小舟撑出柳阴来。”诗人漫步在湖堤，将目光停留在被春雨淹没的桥面，对于春游者来说，这莫过于一个挫折，但刚好柳荫深处，撑出一只小船来，诗人毫不犹豫地租船摆渡，继续游赏，这让春游变得更有情趣了。

李清照

李清照（1084—1155），字易安，号易安居士。齐州章丘（今属山东省济南市）。早期生活优裕，与夫赵明诚共同致力于书画金石的搜集整理。金兵入据中原，流寓南方，明诚病死，境遇孤苦。

李清照是宋代女词人，婉约词派代表，所作词，前期多写其悠闲生活，后期多悲叹身世，情调感伤，也流露出对中原的怀念。其词形式上善用白描手法，自辟途径，语言平易清新而内蕴丰富，形成独具特色的“易安体”。《全宋词》收其词50余首。

闻说双溪春尚好，也拟泛轻舟

武陵春·春晚

宋·李清照

风住尘香花已尽，日晚倦梳头。
物是人非事事休，欲语泪先流。
闻说双溪春尚好，也拟泛轻舟，
只恐双溪舴艋舟，载不动许多愁。

注释

武陵春：又作《武林春》《花想容》，是词牌名。

尘香：花落在地上，尘土沾染上了花的香气。

物是人非：事物依旧在，当初的人却不在了。

双溪：水名，在浙江金华，是唐宋时期著名的游览胜地，风景秀美，有东港、南港两水汇于金华城南，所以称为“双溪”。

舴艋舟：小船的两头是尖的，就像蚱蜢。

简析

这首词以第一人称的口吻，用深沉忧郁的旋律，塑造出一个孤苦凄凉的环境中，孤独无依的才女形象。前两句含蓄，后两句率真，“日晚倦梳头”“欲语泪先流”是描摹人物的外部动作和神态。当时作者因金人南下，心爱的丈夫赵明诚早已去世，自己流落金华，眼前所见的还是春景依旧，但已物是人非，不禁感到万事皆休，无穷索寞。

词的下阕重点描述了内心感情，用“闻说”“也拟”“只恐”这三组虚字，写出了诗人从一刹那的喜悦心情，到婉曲低回，再到猛烈的情绪跌宕，让人倍感空落。

整首词的艺术手法独到，文字含蓄简练，足见作者遣词造句的功力。其中“风住尘香花已尽”一句非常经典，既点出之前风吹雨打、落红成阵的情景，又描绘了如今雨过天晴，落花已化为尘土的韵味；既写出了作者雨天无法出门的苦闷，又写出了她惜春自伤的感慨，真可谓意味无穷尽。

背景

这首词是宋高宗绍兴五年（1135）李清照在浙江金华避难

的时候所作。当时金兵来犯，丈夫因病去世，家藏的金石文物在逃难途中散失殆尽，作者孤身一人，在烽火连天的金华漂泊流寓，历尽世路崎岖和人生坎坷，处境凄惨，内心非常悲痛。

名家点评

明·叶盛：玩其辞意，其作于序《金石录》之后欤？抑再适张汝舟之后欤？文叔不幸有此女，德夫不幸有此妇。其语言文字，诚所谓不祥之具，遗讥千古者欤。(《水东日记》)

明·李攀龙：未语先泪，此怨莫能载矣。景物尚如旧，人情不似初。言之于邑，不觉泪下。(《草堂诗余隽》)

明·董其昌：物是人非，睹物宁不伤感！(《便读草堂诗余》)

明·陆云龙：愁如海。(《词菁》)

小院闲窗春已深

浣溪沙·小院闲窗春已深

宋·李清照

小院闲窗春已深，重帘未卷影沉沉。倚楼无语理瑶琴。
远岫出云催薄暮，细风吹雨弄轻阴。梨花欲谢恐难禁。

注释

闲窗：有雕花和护栏的窗子。

重帘：一层又一层的帘子。

沉沉：闺房幽暗，影子浓重的样子。

远岫：岫，山峰。这里指远山。

难禁：难以阻止。

简析

这首词主要是抒发闺怨的，然而通篇大多写景，很少情语。词人惆怅的感情，无聊的思绪，渗透在周围的景物上，小、闲、深，是空闺写照，而春色深浓，未许泄漏，因此重帘不卷，一任暗影沉沉。感情无从寄托，又无法描述，只好托付给瑶琴，这种含蓄优雅的内心世界，在词中挥洒得淋漓尽致。上片的重点在“深”字，闺深、春深、情深，“倚楼无语”，此地无声胜有声，没有说出的深情，更具韵味。下片由室内到室外。“远岫出云”，云卷云舒，时光也随着荏苒而逝，不知不觉中天色已晚，夜晚的细风吹雨，词人乍喜还愁的情感波动，最终都落在了风雨摧花，欲谢难禁的忧思上。

背景

暮春时节，词人情绪无聊，因此借助这首小词，抒发胸中的郁闷之情。

名家点评

明·杨慎：（评“远岫出山催薄暮”句）景语，丽语。（《草堂诗余》）

明·李攀龙：（眉批）分明是闺中愁、宫中怨情景。（评语）少妇深情，却被周君（误指周邦彦）浅浅勘破。（《草堂诗余隽》）

明·董其昌：写出闺妇心情，在此数语。(《便读草堂诗余》)

明·沈际飞：雅练。“欲谢”“难禁”，淡语中致语。(《草堂诗余正集》)

雪里已知春信至

渔家傲·雪里已知春信至

宋·李清照

雪里已知春信至，寒梅点缀琼枝腻。
香脸半开娇旖旎，当庭际。玉人浴出新妆洗。
造化可能偏有意，故教明月玲珑地。
共赏金尊沈绿蚁，莫辞醉。此花不与群花比。

注释

春信：春天的消息。

腻：清瘦的梅枝着雪后变得粗肥光洁。

香脸：这里比喻初绽的梅花。

造化：大自然。

绿蚁：美酒的名字。

简析

这首咏梅词与前人相比，艺术上有所创新，词人抓住了寒梅的主要特征，用比喻、拟人、想象等多种手法，从正面刻画梅花形象，然后又用妙笔点染形象美和神态美，用银色的月光、金色的酒樽、淡绿的酒、晶莹的梅织成了一幅如梦如幻、空灵优美的画作。

词的上片用“犹抱琵琶半遮面”的美女来形容寒梅初开，以玉人出浴形容梅的玉洁冰清，明艳出群，下片转而以侧面烘托，先写月夜饮酒，表现赏梅的豪情逸致，再用“此花不与群花比”，赞美梅花孤高傲寒的品格，同时表现词人鄙弃世俗的坦荡胸怀。

背景

这是宋徽宗建中靖国元年（1101），李清照18岁时写成的词作。

名家点评

杨恩成：李清照认为，词不仅要“主情致”，而且要表现出“妍丽丰逸”的“富贵态”。这首咏梅词，可以说充分地体现了她的这种主张。她从一个贵夫人的立场、情趣出发，体物言情，无不带着一种优裕、高雅的情趣，既贴切地描绘出“庭际”梅花的状貌，又把自己高雅、悠闲的志趣，倾注入梅花，不即不离、情景相因，托兴深远。同时，作者又用“雪”“月”做背景，成功地映衬出梅花的高洁与孤傲的品格。形神俱似，体物超妙。(《读〈渔家傲〉》)

刘瑜：李清照该首词也是有寄托的，作者在于通过咏梅花讴歌自己美好幸福的婚姻爱情。“造化可能偏有意，故教明月玲珑地”，造化偏偏让明月分辉，花月相照，花好月圆。这使得自然联想到赵明诚、李清照那神妙离奇的婚姻故事……真是天作良缘，花月相照，花好月圆，婚姻幸福美满。故夫妇两人共同举杯，为明诚得一才华横溢、梅花一般高雅芳洁的词女而干杯，为自己美好幸福的爱情拼得一醉。显然，此词李清照以高格独迥、孤标逸韵、冰清玉洁的梅花自喻。(《李清照词欣赏》)

惜春春去，几点催花雨

点绛唇·闺思

宋·李清照

寂寞深闺，柔肠一寸愁千缕。
惜春春去，几点催花雨。
倚遍阑干，只是无情绪。
人何处，连天衰草，望断归来路。

注释

人何处：所思念的人在什么地方，指作者的丈夫赵明诚。

“连天”二句：表达了亟待良人归来的愿望，出自《楚辞·招隐士》。

简析

这是一首描写伤春离恨的闺怨词，由寂寞之愁到伤春之愁，再到伤别之愁，盼归之愁，全面深入地表现了女子心中愁情沉淀积累的过程。

开篇词人就将一腔愁情尽行倾出，将“一寸”柔肠与“千缕”愁思摆在读者面前，让人感到了强烈的压抑感，似乎看到了压在她身上驱不散、扯不断的沉重愁情。下面两句虽然并未提到愁绪，但淅沥的雨声催着落红，也催着春天归去的脚步，青春就这样悄悄逝去，惜春、惜花，也正是惜年华的写照。下片描写词人凭栏远望，百无聊赖之中，烦闷苦恼的思绪暴露无遗，这种愁情的深重无法排解，而根本原因就在于思念远方的良人。只是遗憾的是，即便是远望到天尽头，也只能看到“连天衰草”，不见良人踪影，这种残酷的现实，让词人倍感失落。

背景

这是李清照早期的作品，大约作于重和元年至宣和二年（1118—1120）期间，当时赵明诚或有外任，李清照独居青州。

名家点评

明·茅暎：易安作矣，不可复得。每作词时为酬一杯酒。(《词的》)

明·钱允治：草满长途，情人不归，空搅寸肠耳。(《续选草堂诗余》)

染柳烟浓，吹梅笛怨，春意知几许

永遇乐·落日熔金

宋·李清照

落日熔金，暮云合璧，人在何处？
染柳烟浓，吹梅笛怨，春意知几许？
元宵佳节，融和天气，次第岂无风雨？
来相召，香车宝马，谢他酒朋诗侣。
中州盛日，闺门多暇，记得偏重三五。
铺翠冠儿，捻金雪柳，簇带争济楚。
如今憔悴，风鬟雾鬓，怕见夜间出去。
不如向帘儿底下，听人笑语。

注释

吹梅笛怨：用笛子吹奏《梅花落》，笛声哀怨。
次第：一转眼。
香车宝马：贵族妇女乘坐的、装饰华美的车驾。
三五：这里指元宵节。
铺翠冠儿：用翠羽装饰的帽子。
雪柳：以素绢和银纸做成的头饰。
济楚：整齐、漂亮。
簇带：头上所插戴的各种饰物。

简析

这首词虽然是写元宵节的，却独辟蹊径，用今昔元宵节的不同场景做对比，抒发了词人深沉的盛衰之感和身世之悲。

“落日熔金，暮云合璧”是今年元宵节绚丽的暮景，然而“人在何处”却是一声充满迷惘与痛苦的叹息。词人身处热闹繁华的临安，恍惚回到了“中州盛日”，但马上就意识到这不过是一时的幻觉，因此不由自主地发出这样的叹息。“染柳烟浓，吹梅笛怨，春意知几许”三句，紧接着写到初春的景象“元宵佳节，融和天气，次第岂无风雨？来相召、香车宝马，谢他酒朋诗侣”，将上面的内容作了收束。“中州盛日，闺门多暇，记得偏重三五。”从如今的元宵节回忆起往昔，“铺翠冠儿，捻金雪柳，簇带争济楚。”词人和女伴戴着嵌插着翠鸟羽毛的时兴帽子，和金线捻丝所制的雪柳前去游乐。可是昔日的繁华再也不可能出现了，“如今憔悴，风鬟雾鬓，怕见夜间出去。”国破家亡，词人也从无忧无虑的少女变成形容憔悴、蓬头霜鬓的老妇，心也跟着老了，懒得夜间出去。“不如向帘儿底下，听人笑语。”一方面词人担心会触景生情，另一方面她又怀念往昔的盛况，想看看今日的繁华，给沉重的心灵一点慰藉，这种矛盾心理，更展现出了词人处境的悲凉。

背景

这首词作于宋高宗绍兴二十年（1150），当时李清照已是暮年，正流寓临安（今杭州）。

名家点评

宋·张端义：易安居士李氏，赵明诚之妻……南渡以来，常怀京洛旧事，晚年赋《元宵·永遇乐》词云“落日熔金，暮云合璧”，已自工致。至于“染柳烟浓，吹梅笛怨，春意知几许”，气象更好。后叠云：“如今憔悴，风鬟雾鬓，怕见夜间出去。”皆以寻常语度入音律。炼句精巧则易，平淡入调者难。

（宋《贵耳集》卷上）

宋·刘辰翁：余自辛亥上元诵李易安《永遇乐》，为之涕下。今三年矣，每闻此词，辄不自堪，遂依其声，又托易安自喻，虽辞情不及，而悲苦过之。(《须溪词》)

宋·张炎：至如李易安《永遇乐》云："不如向帘儿底下，听人笑语。"此词亦自不恶。而以俚词歌于坐花醉月之际，似乎击缶韶外，良可叹也。(《词源》)

庭院深深深几许，云窗雾阁春迟

临江仙·梅

宋·李清照

庭院深深深几许，云窗雾阁春迟。
为谁憔悴损芳姿？夜来清梦好，应是发南枝。
玉瘦檀轻无限恨，南楼羌管休吹。
浓香吹尽有谁知。暖风迟日也，别到杏花肥。

注释

南枝：朝阳的梅枝。

玉瘦檀轻：檀：这里指浅绛色。指梅花的姿态清瘦，颜色浅红。

羌管休吹：不要吹奏音调哀怨的笛曲《梅花落》。

迟日：春日。

肥：盛开。

简析

这是一首以咏梅为题的词，用梅花暗喻自己，将闺人幽独的离思与韶华易逝的怅惘，极其高华而深致地表现了出来。

“庭院深深深几许”借用了欧阳修的词，一字未改，紧接着一句“云窗雾阁春迟”一纵一横，将一座贵家池馆的富丽与清幽的气象勾画出来了。“为谁憔悴损芳姿？”一个设问以跌宕的笔触，指出了原来使闺中人赏春无绪、芳姿悴损的，不正是对远人的思念和被爱情的折磨吗？“夜来清梦好，应是发南枝”，这里有着凄丽的意味，不是用梅花直接比喻成人，而是将梅花与清梦联系起来，令人回味无穷。后面“杏花肥”将杏花盛开与前面“瘦”字关合，以梅花之玉瘦，衬红杏之憨肥，更让人觉得鲜明生动，同时两相映带，还点明了时间的跨度。春光半过，伊人未归，花落花开，只成孤赏，难怪园中的春色，满目惆怅。

背景

这首词是《临江仙》中的一首。

名家点评

周笃文：据《草堂诗余》所引，在这一组《临江仙》之前，李清照缀有小序，对作词的缘起有所说明。可知乃是刻意仿效欧阳修迭字佳构而作的。然而却写得风致嫣然，没有一点斧凿痕迹。

陆承刚：李清照的词给人印象很深的还有一个特点，就是她的“对比”。有前期词作和后期词作总体上的对比，也有一首词内部凝聚着的强烈的今昔对比，如《临江仙》。

邱红竹：《临江仙》第二首，字面更为通俗易懂。她把赵明诚比作和煦东风，而自己却成了芳姿憔悴、浓香吹尽的落梅。

清露晨流，新桐初引，多少游春意

念奴娇·春情

宋·李清照

萧条庭院，又斜风细雨，重门须闭。
宠柳娇花寒食近，种种恼人天气。
险韵诗成，扶头酒醒，别是闲滋味。
征鸿过尽，万千心事难寄。
楼上几日春寒，帘垂四面，玉阑干慵倚。
被冷香消新梦觉，不许愁人不起。
清露晨流，新桐初引，多少游春意。
日高烟敛，更看今日晴未。

注释

险韵：以生僻字协韵来写诗填词。

扶头酒：能让人精神振作的好酒。

香消：香炉中的香已经烧完了。

初引：叶子初长。

简析

这是一首怀念故人的闺怨词，描述了寒食节时对丈夫的怀念。条理清楚，层次井然，感情的起伏和天气变化相携而生，全篇融情入景，浑然天成。

开篇前三句描写环境气候，景色萧条，柳、花用“宠”“娇”修饰，有嫉妒春色的意思，接着写作诗填词醉酒，但闲愁却无法排解，此时已经有了万般哀怨。一句“征鸿过尽，万千心事难寄”，道出词人闲愁的原因：自己思念远游的丈夫，心事却无从谈起。下片的开头三句，写出词人懒倚栏杆的愁闷情志和独宿春闺的孤单，“不许愁人不起”，词人已经失去支撑生活的乐趣，而“清露”两句转写新春的可爱和因此产生的游春心思，结尾描写了词人的矛盾心理，天已放晴，却担心是否真晴，那种心有余悸的感觉，表现得极为凄迷。

背景

这是词人的早期作品。政和六年（1116），李清照33岁，三月初四，丈夫赵明诚游览距青州约170里的名刹灵严寺，她独自一人深闺寂寞，断肠心思无从寄托，于是创作了这首词。

名家点评

宋·黄升：花庵词客云：前辈常称易安“绿肥红瘦”为佳句。余亦谓此篇“宠柳娇花”之语亦甚奇俊，前此未有道之者。(《增修笺注草堂诗余》)

明·杨慎：情景兼至，名媛中自是第一。(“被冷”二句)二语绝似六朝。……填词虽于文为末，而非自《选》诗、乐府来，亦不能入妙。李易安词“清露晨流，新桐初引”，乃全用《世说》语。女流有此，在男子亦秦、周之流也。(《草堂诗余》)

明·李攀龙：心事有万千，岂征鸿可寄？“新梦”不知梦何事？心事托之新梦，言有寄而情无方。玩之自有意味。上是心事，难以言传，下是新梦，可以意会。(《草堂诗余隽》)

陈与义

陈与义（1090—1138），字去非，号简斋，今河南洛阳人。陈与义是南北宋之交的著名诗人，师尊杜甫，也推崇苏轼、黄庭坚和陈师道，号为“诗俊”，与“词俊”朱敦儒和“文俊”富直柔同列“洛中八俊”。其早期诗作多流连光景之作，观察细致，描写生动，饶有情趣；后期诗作意境圆融，风格雄浑沉郁。

二月巴陵日日风，春寒未了怯园公

春寒

宋 · 陈与义

二月巴陵日日风，春寒未了怯园公。
海棠不惜胭脂色，独立蒙蒙细雨中。

注释

巴陵：古郡名，今湖南岳阳市。

园公：诗人在注解中写道：“借居小园，遂自号园公。”

胭脂：这里泛指红色。

简析

这首诗虽然题目是“春寒”，但实际上是称颂海棠的，同时借海棠来写自己。在诗人笔下，海棠雅致孤高，与自己被流放时的境况十分相似，因此前两句的“风”“寒”就不仅仅是自然界的风寒，更是社会上的风寒，因为当时金兵南侵，南宋小朝廷“山河破碎风飘絮”，而诗人则“身世浮沉雨打萍”，内心漂泊不定。后面两句诗人用类似于刻画松、梅、菊、竹的手法来写海棠，说它虽然在风雨中飘摇，却屹立不倒，酣畅淋漓地将海棠的风骨和雅致展现出来。诗人将杜甫的“林花着雨胭脂湿”进行了演绎，不仅别具一格，还将自己的风骨、品格、雅致融入其中，让后世叹为观止。

陆游

陆游（1125—1210），字务观，号放翁，越州山阴（今绍兴）人，南宋爱国诗人。历任福州宁德县主簿、敕令所删定官、隆兴府通判等职，因坚持抗金，屡遭主和派排斥。陆游性格豪放，胸怀壮志，在诗歌风格上追求雄浑豪健，形成了气势奔放、境界壮阔的诗风。其诗语言平易晓畅，章法整饬谨严，在南宋诗坛上占有重要的地位。

无意苦争春，一任群芳妒

卜算子·咏梅

宋·陆游

驿外断桥边，寂寞开无主。
已是黄昏独自愁，更著风和雨。
无意苦争春，一任群芳妒。
零落成泥碾作尘，只有香如故。

注释

卜算子：词牌名，又名《百尺楼》《眉峰碧》《楚天遥》《缺月挂疏桐》等。按山谷词，“似扶著卖卜算”，盖取义以今卖卜算命之人也。

驿外：驿：驿站，供驿马或官吏中途休息的地方。驿外指荒僻、冷清之地。

更著：又遭到。更：副词，又，再。著：同“着”，遭受，承受。

一任：全任，完全听凭。

碾：轧烂，压碎。

简析

这首词以梅花来比喻自己，从梅花的凄苦暗指自己胸中的抑郁，感叹人生的失意和坎坷；在赞叹梅花精神的同时表达了青春无悔的信念以及对自己爱国情操及高洁人格的自许。

“驿外断桥边，寂寞开无主。已是黄昏独自愁，更著风和雨。”着力渲染了梅花落寞凄清、饱受风雨之苦的情形，写出了梅花的困难处境。

“无意苦争春，一任群芳妒。零落成泥碾作尘，只有香如故。”写出了梅花的气节和生死观，最后一句更是点睛之笔，将前面梅花的不幸处境，风雨侵凌，凋残零落，成泥作尘的凄凉、衰飒、悲戚，通通扭转，写出了梅花的传神之处。

背景

这是陆游以梅寄志的代表作品，他一生酷爱梅花，写了很多首关于梅花的诗歌，而“零落成泥碾作尘，只有香如故”的梅花，正是诗人一生对恶势力不懈的抗争精神和对理想坚贞不渝的品格的形象写照。

名家点评

明·卓人月：末句想见劲节。(《古今词统》)

明·沈际飞：排涤陈言，大为梅誉。(《草堂诗余·续集》)

明·钱允治：言梅虽零落，而香不替如初，岂群芳所能妒乎？(《类编笺释续选草堂诗余》)

箫鼓追随春社近，衣冠简朴古风存

游山西村

宋·陆游

莫笑农家腊酒浑，丰年留客足鸡豚。
山重水复疑无路，柳暗花明又一村。
箫鼓追随春社近，衣冠简朴古风存。
从今若许闲乘月，拄杖无时夜叩门。

注释

足鸡豚：准备了丰盛的菜肴。豚，小猪，代指猪肉。

山重水复：一座座山、一道道水重叠的样子。

春社：古代把立春后第五个戊日作为春社日，拜祭社公(土地神)和五谷神，祈求丰收。

若许：如果这样。

闲乘月：有空的时候趁着月色而来。

简析

这是一首纪游抒情诗，首句渲染出一片丰收之年的宁静和欢悦，一个“足”字，表达了农家对客人的盛情款待。次句描写了山间水畔的迤逦景色，写景中寓含哲理，“山重水复疑无路，柳暗花明又一村。”作者在青翠可掬的山峦间漫步，穿行于清澈的山泉当中，山径蜿蜒，正愁找不到路，突然前面花明柳暗，农家茅舍隐现于花木扶疏之间，让人豁然开朗，此时的喜形于色的兴奋之状，可以想见。

随后，作者由自然引入人事，描绘了南宋初年的农村风俗画卷。农家祭社祈年，满怀丰收的期待。作者用“衣冠简朴古风存”来赞美这里古老的乡土风俗，显示了对土地和人民的挚爱。

前三句写了外界的情形和自己情感的相互交融，后面“从今若许闲乘月，拄杖无时夜叩门”转而描写游览一天之后，明月高悬，大地笼罩在淡淡的月色中，给春社过后的村庄也染上一层静谧的色彩，别有一番情趣。

整首诗结构严谨，主线突出，全诗八句无一“游”字，而处处切“游”字，游兴十足，游意不尽，同时将一个热爱家乡和农民，愿意与乡村紧密相连的诗人形象表现得淋漓尽致。

背景

这首诗作于宋孝宗乾道三年（1167）初春，当时陆游因遭到朝廷中主和投降派的排挤打击，以“交结台谏，鼓唱是非，力说张浚用兵”的罪名，从隆兴府通判任上罢官归里。即便闲居在家，陆游也没有心灰意冷，而是将自己在农村生活中感受到的希望和光明及慷慨的爱国情绪，写在了自己的诗歌中。

名家点评

清·爱新觉罗·弘历：有如弹丸脱手，不独善写难状之景。(《唐宋诗醇》)

清·方东树：以游村情事作起，徐言境地之幽，风俗之美，愿为频来之约。(《昭昧詹言》)

钱钟书：陆游这一联才把它写得“题无剩义”。(《宋诗选注》)

春如旧，人空瘦，泪痕红浥鲛绡透

钗头凤·红酥手

宋·陆游

红酥手，黄滕酒，满城春色宫墙柳。
东风恶，欢情薄，一怀愁绪，几年离索。错、错、错！
春如旧，人空瘦，泪痕红浥鲛绡透。
桃花落，闲池阁，山盟虽在，锦书难托。莫、莫、莫！

注释

黄滕：或作“黄藤”，是一种酒的名字。

离索：离群索居。

浥：湿润。

鲛绡：神话传说鲛人所织的绡，非常薄，泛指薄纱，这里指手帕。

池阁：水池上的楼阁。

简析

这首词描写了诗人自己的爱情悲剧。

词的上片通过追忆往日美满幸福的爱情生活，感叹被迫分离的痛苦。“红酥手，黄縢酒，满城春色宫墙柳”，回忆当年与唐氏偕游沈园时的美好情景，“东风恶，欢情薄，一怀愁绪，几年离索。错、错、错”，写妻子被迫离异后的巨大哀痛，前面三句写两人在沈园重逢时的情形，最后几句写重逢时的痛苦心情。这首词始终围绕着沈园这一特定的空间来安排自己的笔墨，下片回到现实，“春如旧”与上面的“满城春色”相呼应，“桃花落。闲池阁”与上片“东风恶”句相照应，把同一空间不同时间的情事和场景描绘出来，更加映衬心情的沉重和痛苦。

背景

这首诗写于陆游与原配夫人唐琬在离异后第七年的春日，在家乡山阴（今浙江省绍兴市）城南禹迹寺附近的沈园，与偕夫同游的唐氏邂逅，唐氏备酒抚慰陆游，陆游心中感触很深，乘醉吟赋这首词，信笔题于园壁之上。

小楼一夜听春雨，深巷明朝卖杏花

临安春雨初霁

宋・陆游

世味年来薄似纱，谁令骑马客京华。
小楼一夜听春雨，深巷明朝卖杏花。

矮纸斜行闲作草，晴窗细乳戏分茶。
素衣莫起风尘叹，犹及清明可到家。

注释

霁：雨后或雪后晴天的样子。

世味：社会人情，人世滋味。

矮纸：用来书写的短小的纸张。

细乳：沏茶时水面呈白色的小泡沫。

分茶：宋元时煎茶的一种方法，注汤后用筷子搅茶乳，使汤水波纹幻变成种种形状。

素衣：这里是人对自己的谦称。

简析

这首诗虽然描写了春天，却不是欢春，也不是伤春，而是“薄”春。春天虽美，但心情沉重的诗人对此并没有太多留恋。

首联“世味年来薄似纱，谁令骑马客京华”，当时已经62岁的诗人，一开口就提到了世态炎凉，这也难怪，这么多年宦海沉浮，而且壮志未酬，又兼个人生活的种种不幸，诗人发出这种悲叹，也是情理之中的。颔联点出“诗眼”：“小楼一夜听春雨，深巷明朝卖杏花。”听了一夜的风雨声，清晨隐约听到了叫卖杏花的声音，这让诗人想到了江南湿漉漉、绿幽幽、亮晶晶、香喷喷的春色，浓而又淡，淡而又深，深而且远。从这里我们可以看出，诗人一夜无眠。颈联“矮纸斜行闲作草，晴窗细乳戏分茶”，这里并没有给出答案，而是写到了诗人的“闲”和“戏”，一个一生戎马，惯游于天南海北，时刻思虑着报国和爱民的人，居然有闲情逸致做这些事情，可见这里是多么让人消沉，临安春色清淡寡味，人情冷漠，世味索薄，壮志更是无从提及，只能在

“闲”“戏”中打发时光了。尾联“素衣莫起风尘叹，犹及清明可到家”，清明眼看就要到了，应该早日回家，而不是在这个所谓的“人间天堂”南临安久留。

背景

这首诗写于淳熙十三年（1186），此时他已62岁，在家乡山阴（今浙江绍兴）赋闲了五年，这一年春天，他被起用为严州知府，赴任之前，先到临安（今浙江杭州）去觐见皇帝，住在西湖边上的客栈里听候召见，在百无聊赖中，写下了这首佳作。

名家点评

清·舒位：小楼深巷卖花声，七字春愁隔夜生。(《书剑南诗集序》)

殷光熹：“小楼”一联，从诗的意境看，有三个层次：身居小楼，一夜听雨，是一诗境；春雨如丝，绵绵不断，杏花开放，带露艳丽，另一诗境；深巷卖花，声声入耳，又一诗境。(《宋诗名篇赏析》)

伤心桥下春波绿，曾是惊鸿照影来

沈园二首·其一

宋·陆游

城上斜阳画角哀，沈园非复旧池台。
伤心桥下春波绿，曾是惊鸿照影来。

注释

画角：涂着色彩的军乐器，发声凄厉哀怨。

惊鸿：以喻体态轻盈的美人，这里指唐琬。语出三国魏曹植《洛神赋》。

简析

这是陆游回忆沈园相逢，表达内心悲伤的诗作。

“城上斜阳”点明了时间在傍晚，这种悲凉的氛围配上“画角哀”的听觉形象，更增悲哀之感。这种有声有色的悲境，衬托了“沈园非复旧池台”。此刻的沈园早已物是人非，不仅“三易主”，而且池台景物也不复可认。这里是他与唐琬离异之后唯一相见的地方，也是永别之处。他多么渴望往日再现，即便是悲剧，也希望可以看到唐琬的身影，然而这一切不过是幻想而已，旧梦无法重温，现实太过残酷，不仅心上人早已作古，如今连景物也没有了往日的风采，诗人此刻的心境，可想而知。“伤心桥下春波绿，曾是惊鸿照影来。”他并没有死心，努力寻找当年的景物，“桥下春波绿”一如往日，但此景带来的，不过是伤心的回忆罢了。

背景

这《沈园二首》创作于宋宁宗庆元五年己未（1199），当时陆游75岁，距离在沈园邂逅唐氏已40余年。

名家点评

陈衍：无此绝等伤心之事，亦无此绝等伤心之诗。就百年论，谁愿有此事？就千年论，不可无此诗。(《宋诗精华录》)

徐中玉、金启华：陆游作此诗时已75岁。40多年前发生的悲剧，一直啮噬着老诗人的心。故地重游，触景生情，仍禁不住伤心泪下。(《中国古代文学作品选》)

朱熹

朱熹（1130—1200），字元晦，号晦庵，晚号晦翁，别称紫阳。徽州婺源（今属江西）人，后迁至建阳（今属福建）。南宋著名理学家、思想家、哲学家、教育家和文学家，世称朱子，是孔孟之后杰出的儒学大师。曾任秘阁修撰、焕章阁待制等职。卒谥“文”，称朱文公。

朱熹著述丰富，代表作品有《四书章句集注》《伊洛渊源录》《名臣言行录》《资治通鉴纲目》《楚辞集注》等。

等闲识得东风面，万紫千红总是春

春日

宋·朱熹

胜日寻芳泗水滨，无边光景一时新。
等闲识得东风面，万紫千红总是春。

注释

胜日：天气晴朗的日子，人的心情也很好。

寻芳：游春，踏青。

滨：水边，河边。

等闲：随意。“等闲识得”是容易识别的意思。

东风：春风。

简析

“胜日寻芳泗水滨”，“胜日”指天气晴朗，“泗水滨”指景物的地点。“寻芳”，寻觅美好的春景，点明了主题。下面三句都是写“寻芳”所见所得。“无边光景一时新”，写观赏春景中获得的初步印象。用“无边”形容视线所及的全部风景。“一时新”，既写出了春回大地，自然景物焕然一新，也写出了作者郊游时耳目一新的欣喜感觉。“等闲识得东风面”，春天的面容与特征是很容易辨认的。“万紫千红总是春”，这万紫千红的景象全是由春光点染而成的，人们从这万紫千红中认识了春天，感受到了春天的美。

背景

仅从字面来看，这像是一首游春观感，细想并非如此，因为此时泗水已经被金人占领，朱熹不会前往，这里的“泗水”暗指孔门，所谓“寻芳”即是指求圣人之道。“万紫千红”喻孔学的丰富多彩。诗人将圣人之道比作催发生机、点染万物的春风。

朱淑真

朱淑真（约1135—1180），号幽栖居士，宋代女诗人，亦为唐宋以来留存作品最丰富的女作家之一。南宋初年时在世，浙中海宁人，一说浙江钱塘（今浙江杭州）人。生于仕宦之家。夫为文法小吏，因志趣不合，夫妻不睦，终致其抑郁早逝。又传淑真过世后，父母将其生前文稿付之一炬。其余生平不可考，素无定论。现存《断肠诗集》《断肠词》传世，为劫后余篇。

欲系青春，少住春还去

蝶恋花·送春

宋·朱淑真

楼外垂杨千万缕。欲系青春，少住春还去。
犹自风前飘柳絮，随春且看归何处。
绿满山川闻杜宇。便做无情，莫也愁人苦。
把酒送春春不语，黄昏却下潇潇雨。

注释

系：拴住。

少住：稍稍停留一下。

莫也：岂不也。

潇潇雨：形容雨势很大。

简析

这是一首惜春词。上片化景物为情思，抒发了对春的眷恋之情，从“楼外垂杨”着笔，写出想把春天系住，可是尽管杨柳多情，春也无意“少住”。柳絮随风，春归何处？下片描写了暮春的景致，抒发伤春的情怀。山川蔓延着绿色，杜宇声声啼叫，潇潇暮雨，春将归去，令人不胜眷恋。自此一个多愁善感，把酒送春的女主人公形象跃然纸上，词句清丽，意境深远。这种丰富的想象力和贴切的拟人手法，将暮春景色表现得委婉多姿，细腻动人。

背景

朱淑真少女时曾经历过一段纯美的爱情，但婚后并不如意，最终抑郁而终，这首词是她对于昔日美好一去不返的追思之作。

名家点评

田汝成：“淑真诗词多柔媚，独《清昼》一绝，《送春》一词，颇疏俊可喜。”(《西湖游览志馀·香奁艳语》)

明·沈际飞：朱淑真《送春》，满怀妙趣，成片里出。体物无间之言，淡情深感。(《草堂诗余续集》)

南北朝·陆昶：“淑真诗好，词不如诗。受其‘黄昏却下潇潇雨’句，又词好于诗也。”(《历朝名媛诗词》)

清·李佳：情致缠绵，笔底毫无沉闷。(《左庵词话》)

卢梅坡

卢梅坡，宋朝末年人，具体生卒年不详，以两首《雪梅》留名千古。

梅雪争春未肯降，骚人阁笔费评章

雪梅·其一

宋·卢梅坡

梅雪争春未肯降，骚人阁笔费评章。
梅须逊雪三分白，雪却输梅一段香。

注释

降：认输，服输。

阁笔：阁，同“搁”，放下的意思。

评章：评议的文章，这里指评议梅与雪谁更厉害。

简析

这首诗既有情趣，也有理趣，值得反复吟诵。在诗人卢梅坡的笔下，梅花和雪花都认为各自占了春色，谁都不肯认输，这让人颇感为难，不知该如何评判。于是诗人说了一句公道话，梅花须逊让雪花三分晶莹洁白，雪花却输给梅花一段清香。这种“争宠”的写法，新颖别致，出人意料，诗的后两句巧妙地托出二者的长处与不足：梅不如雪白，雪没有梅香，回答了“骚人阁笔费评章”的原因，也道出了雪、梅各执一端的根据。

事实上，除了字面上梅花和雪花的争执不下，作者还借着雪梅的争春，告诫我们人各有所长，也各有所短，要有自知之明。取人之长，补己之短，才是正理。

元好问

元好问（1190—1257），字裕之，号遗山，世称遗山先生。太原秀容（今山西忻州）人。元好问擅作诗、文、词、曲。其中以诗作成就最高，其“丧乱诗”尤为有名；其词为金代一朝之冠，可与两宋名家媲美；其散曲虽传世不多，但当时影响很大，有倡导之功。有《元遗山先生全集》《中州集》。

爱惜芳心莫轻吐，且教桃李闹春风

同儿辈赋未开海棠

金·元好问

枝间新绿一重重，小蕾深藏数点红。
爱惜芳心莫轻吐，且教桃李闹春风。

注释

“同儿辈赋”句：和孩子们一起为没有开放的海棠花作赋。

一重重：这里是形容新生的绿叶茂盛繁密。

芳心：一语双关，一指海棠的花心，二指儿辈们的心。

轻吐：轻易地开放。

闹春风：在春天里争妍斗艳。

简析

“枝间新绿一重重，小蕾深藏数点红。”春天的海棠树枝叶茂盛，但是并没有开花，不过仔细观察的话，可以看到花蕾透露出的点点红晕。这种细致的观察和发现，让读者觉得俏皮、可爱，仿佛这个花蕾是位悄悄来到世界上，不断成长而且日益成熟的少女，娇羞可人，惹人怜爱。“爱惜芳心莫轻吐，且教桃李闹春风。”海棠的旁边也许有桃树、梨树、李子树在争奇斗艳，但这些花儿的热闹只是短暂的，几场风雨就会纷纷凋零，而海棠虽无意争春，却可以从容绽放。这首诗字里行间透露着诗人对于海棠的深爱，同时表达着自己对美好生活的渴望，深究下来，还能体会到诗人因年迈而不能报国的惆怅。

背景

嘉熙四年（1240）前后，已经暮年的诗人回到故乡，抱着与世无争的态度，过着遗民生活，面对无力报国的遗憾，写下了这首诗。

于谦

于谦（1398—1457），字延益，号节庵，杭州钱塘（今浙江省杭州市）人。明代杰出政治家、军事家和改革家，明末贤相。历任监察御史、河南山西巡抚、兵部尚书、太子少保等。“土木之变”后，于谦力主御敌，反对议和，整饬军队、加强防范，最终使大明王朝转危为安。后明英宗复辟，于谦以谋逆罪被杀。

于谦的诗不事雕琢，朴实易懂。其诗作内容丰富，多表达爱国忧民的情感和表现坚强信念与坚贞节操。

春风来不远，只在屋东头

除夜太原寒甚

明 · 于谦

寄语天涯客，轻寒底用愁。
春风来不远，只在屋东头。

注释

太原：又名三关镇，是一座军镇的名字，在今山西省。

寒甚：非常寒冷。

天涯客：居住在很远地方的人。

底用：有什么用，底是“何”的意思。

屋东头：春天解冻的东风已经吹到屋东头，意思是说春天马上就要来了。

简析

除夕之夜原本是合家团聚的日子，然而身处远方的诗人却无法归家，恰逢大寒，心中的寂寞和凄楚不言而喻。不过虽然所处的环境艰苦，但诗人想到春天即将到来，所以安慰自己不必忧愁，表现出他乐观向上的积极态度。

前两句“寄语天涯客，轻寒底用愁”出语平淡，描写了旧年过去，不能回到温暖的南方与家人团聚，只能滞留在寒冷的北方，难免充满思乡的情怀。不过还是要鼓励自己和同僚，流落天涯的他乡之客，不要为了这点寒冷而发愁。紧接着“春风来不远，只在屋东头”这两句指明前途，加强信心，更加鼓舞人心。在诗人看来，虽然风寒冰坚，但除夜一过，新的一年就会到来，春天随之来临。春风是那么逼近，似乎就在屋子的东头。这里也暗喻新的一年，诗人将舒展自己的抱负，建立新的功业。

背景

这首诗是于谦在正统初年任山西巡抚时所作。当时诗人独自一人，寒夜守岁，想到即将到来的春天，于是寄语新春，写下此诗。

名家点评

朱邦薇：这首诗写的是除夜的寒冷，读来却给人以春天的

喜悦和暖意。(《历代绝句精华鉴赏辞典》)

孙育华：诗人以平白轻松的语气，抒发激越豪情，显示了诗人铮铮骨气与刚毅果敢的上进精神。(《古代词曲名篇选编》)

金鞍玉勒寻芳客，未信我庐别有春

观书

明・于谦

书卷多情似故人，晨昏忧乐每相亲。
眼前直下三千字，胸次全无一点尘。
活水源流随处满，东风花柳逐时新。
金鞍玉勒寻芳客，未信我庐别有春。

注释

故人：老朋友。这里用拟人的手法，将书卷比喻成老朋友。

晨昏：一天到晚。

三千字：这里是泛指，说明作者读书多且快，同时也写出作者如饥似渴的情态。

“活水”句：化用朱熹《观书有感》中的：“问渠那得清如许，为有源头活水来。”

金鞍：泛指马鞍、笼头的贵美。

庐：村房或小屋的通称，这里是指书房。

简析

这首诗是评价读书现状，劝人读书的。在诗人看来，读书可以明理，可以赏景，可以观史，可以鉴人，这种美好的感觉，要比玩物丧志，游手好闲强过百倍。

首句“书卷多情似故人，晨昏忧乐每相亲”运用拟人手法，将书卷比作多情的老朋友，每天从早到晚形影不离，形象地表明诗人读书不倦，乐在其中。第二句“眼前直下三千字，胸次全无一点尘”运用夸张和比喻的手法来描写读书情态，一眼扫过三千字，读得又快又多，展现出诗人如饥似渴的读书心情和胸无杂念的状态，一个专心致志的读书人的形象跃然纸上。第三句“活水源流随处满，东风花柳逐时新”运用典故和自然景象做对比，证明读书的益处，坚持经常读书，就像池塘不断有活水注入，不断得到新的营养，永远清澈，持续读书能够增长知识，就像东风催开百花，染绿柳枝一样，让人心旷神怡，点明读书需要持之以恒。最后一句“金鞍玉勒寻芳客，未信我庐别有春”用贵公子来反衬，显示读书人的书房里四季如春的景象。

背景

于谦对读书的热爱不同凡响，他不仅酷爱读书，养成了读书的习惯，还希望更多人像自己一样爱读书，面对以做官为目的，达到目的而后放弃书本的官场恶习，他写下此诗抒发胸臆，批评读书现状。

李梦阳

李梦阳（1473—1530），明代中期文学家，复古派前七子的领袖人物。字献吉，号空同，祖籍河南扶沟。他善工书法，师法颜真卿，结体方整严谨，不拘泥规矩法度，精于古文词，提倡“文必秦汉，诗必盛唐”。

齐唱宪王春乐府，金梁桥外月如霜

汴京元夕

明·李梦阳

中山孺子倚新妆，郑女燕姬独擅场。
齐唱宪王春乐府，金梁桥外月如霜。

注释

中山孺子：泛指中原地区的青年。
郑女燕姬：泛指北方少女。
擅场：技艺高超出众，压倒全场。

简析

这首诗虽然只有四句，却完美再现了汴京元宵之夜演出戏曲时演员技压全场，众人齐欢的场面，文笔流畅，清丽可喜，颇有唐竹枝民歌风味，是七绝中的佳作。

开头的两句“中山孺子倚新妆，郑女燕姬独擅场”先从各地前来的伶人粉墨登场写起，虽然旨在点明演唱的人员，但又并非是纯乎客观的介绍，还藏着相互竞争和比赛的意思，将男女的情态表现得淋漓尽致，同时凸显了热烈、欢乐而又兴奋的场面。从这里可以看出，汴京作为古时都会，在历受金元劫难之后，经明初的休养生息，此时已经恢复生机，重现繁华了。“齐唱宪王春乐府”作为全诗的中心，终于写到了歌唱，还是男女生齐唱。“金梁桥外月如霜”这一句不仅没有提到歌声，反而宕开笔端，写起了戏曲表演场地旁金梁桥外的夜景和天上的月色。这一句神来之笔以淡墨衬浓彩，余韵婉转。到了这时，男女齐唱“春乐府”的歌声，不仅响彻全城，而且在月光中也更加清亮，仿佛从地上一直飘向了月宫。

背景

诗人的原籍在甘肃庆阳，但因父亲李正曾担任开封周王府教授，于是举家迁徙到开封，后来诗人在庆阳时回忆汴中的繁华景况，写下了这首诗。

名家点评

明·陈子龙：汴城风月，遂不可问，读此作转觉凄然。(《皇明诗选》)

羊春秋：写汴京元夕的欢乐情景，男倚新妆，女唱乐府，彻宵达旦，乐此不疲。不但保存了汴京的民俗资料，也为宪王乐府的流行汴京，提供了历史的见证。(《明诗三百首》)

刘明今：此诗意蕴很丰富，前三句都是实写，写汴京杂剧演出的场面，末一句独能一笔宕开，专写月色光华，这样既扣紧诗题“元夕”二字，又使前三句的实况描写空灵起来，有了神采。读到这里，诗的境界豁然开朗，一幅元宵节月光下，许多台杂剧争妍斗丽的感况顿时浮现在读者眼前了。(《中国古代诗歌欣赏辞典》)

纳兰性德

纳兰性德（1655—1685），字容若，号楞伽山人。明珠之子，满洲正黄旗人。康熙十五年（1676）进士，授乾清门侍卫，深得康熙宠幸。

纳兰性德被誉为“清代第一词人”，风格与南唐李煜相近，今存词300余首。著有《通志堂集》《饮水词》等。

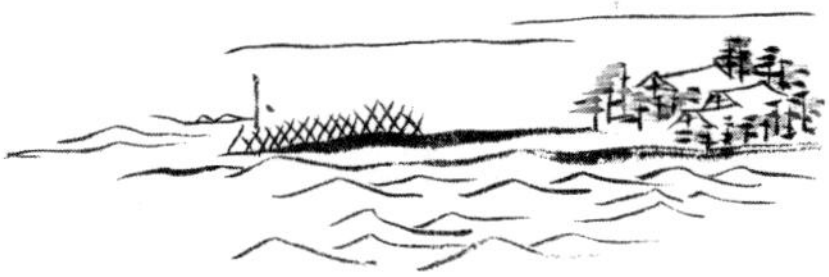

红泪偷垂，满眼春风百事非

采桑子·当时错

清·纳兰性德

而今才道当时错，心绪凄迷。
红泪偷垂，满眼春风百事非。
情知此后来无计，强说欢期。
一别如斯，落尽梨花月又西。

注释

红泪：女子的眼泪。

满眼春风百事非：源自李贺《三月》诗“东方风来满眼春，花城柳暗愁杀人”。

欢期：二人重逢的日期。

简析

这首词率直平白，词人的一片深情和被迫分离永难相见的痛苦和思念一览无余。“而今才道当时错，心绪凄迷。”当时究竟错在何处？是不该相识，还是不该从相识走得更近，或者当时应该把握机会，不让对方离开？这里留够了想象的空间。“红泪偷垂，满眼春风百事非”，这个偷偷垂泪的女子是词人还是对方，并没有说清楚，春天万物复苏的时候暗自垂泪，在繁花似锦的喜景里独自感受百事皆非的悲怀，尤为痛楚。“情知此后来无计，强说欢期。”明明知道再也没有见面的机会了，但还是编织着谎言，约定将来会面的样子，此时此刻欲哭无泪，这种感觉让人尤其伤感。“一别如斯，落尽梨花月又西。”风吹梨花，淡烟软月中，翩翩归来的，是佳人的一点幽香，化作梨花落入手心。用写景来抒情，既是词人的修辞，也是情人的无奈。

背景

康熙二十三年，词人在顾贞观的介绍下结识了江南才女沈宛，并一见如故，但因为沈宛是风尘女子，在当时的环境下，是不能成婚的。沈宛经过长久的煎熬和等待后，提出了分手，纳兰性德无力挽留，只好写下这首词。

名家点评

王国维：“以自然之眼观物，以自然之舌言情，此由初入中原，未染汉人风气，故能真切如此。北宋以来，一人而已。”

梁启超：“容若的词，自然以含蓄蕴藉的小令为最佳。”“古之伤心人，别有怀抱。”“哀乐无端，情感热烈到十二分，刻入到十二分。”

唱罢秋坟愁未歇，春丛认取双栖蝶

蝶恋花·辛苦最怜天上月

清·纳兰性德

辛苦最怜天上月，一昔如环，昔昔都成玦。
若似月轮终皎洁，不辞冰雪为卿热。
无那尘缘容易绝。燕子依然，软踏帘钩说。
唱罢秋坟愁未歇，春丛认取双栖蝶。

注释

“一昔”句：昔，同“夕”，比喻不满的月亮。一月之中，天上的月亮只有一夜是圆满的，其他的夜晚都有亏损。

无那：无可奈何的样子。

软踏：轻轻地踏在帘钩上。

认取：取，语助词，注视着。

简析

这是一首悼亡词。先从“天上月”写起，借月亮的圆缺来比喻爱情的欢乐转瞬即逝，恨多乐少。随后写到如果爱情能够如月亮一样皎洁圆满，付出再大的代价都愿意。“一昔如环，昔昔都如玦”，在上片中，作者对亡妻无限的哀伤和怀念在这里展露无遗，而下片用燕子在帘间呢喃，反衬人去楼空，描写未亡人的孤寂和伤逝中的悲痛。结语化用“双栖蝶”的典故，表达了词人与亡妻生死不渝的爱情，抒发了无穷尽的思念和哀悼，将永恒的感情寄托在了化蝶的理想中。上片，以月喻人，亦以人喻月，为布景。下片说情，谓十分无奈，人间情缘如此容易断绝，但帘幕间的燕子却年复一年辛苦奔波，鬼唱秋坟，心中的愁与恨无从消解，只能用想象中的双栖蝶安慰自己了。

背景

这是词人于康熙十六年（1677）重阳前三日，亡妇百日之后，自梦中得句，写下的佳作。

名家点评

盛冬玲：这首《蝶恋花》是容若的代表作之一，历来受到论者和选家的重视。词上阕因月起兴，以月为喻，回忆当初夫妇间短暂而幸福的爱情生活，则曰“若似月轮终皎洁，不辞冰雪为卿热”，真是深情人作深情语。下阕借帘间燕子，花丛双蝶来寄托哀思，设想亡妻孤魂独处的情景，则曰：“唱罢秋坟愁未歇，春丛认取双栖蝶”，这又是伤心人作伤心语。纳兰词既凄婉又清丽的风格在这里得到了充分的体现，称它为传世的名篇，是当之无愧的。(《纳兰性德词选》)

吴世昌：容若《蝶恋花》：“辛苦最怜天上月，一昔如环，昔昔都成玦。若似月轮终皎洁，不辞冰雪为卿热。无那尘缘容易绝。燕子依然，软踏帘钩说。唱罢秋坟愁未歇，春丛认取双栖蝶。”此亦悼词。“昔”即“夕”字，见《左传》。(《词林新话》)

相思相望不相亲，天为谁春

画堂春·一生一代一双人

清·纳兰性德

一生一代一双人，争教两处销魂。
相思相望不相亲，天为谁春。
浆向蓝桥易乞，药成碧海难奔。
若容相访饮牛津，相对忘贫。

注释

一生一代一双人，争教两处销魂：唐骆宾王《代女道士王灵妃赠道士李荣》："相怜相念倍相亲，一生一代一双人。"争教，怎教。销魂，形容极度悲伤、愁苦或极度欢乐。

蓝桥：古代地名，在陕西蓝田县东南蓝溪上，传说此处有仙窟，是裴航遇仙女云英的地方。

药成碧海难奔：《淮南子·览冥训》："羿请不死之药于西王母，姮娥窃之，奔月宫。"这里借用此典故，说明即便有不死之药，也很难像姮娥那样飞入月宫，借指纵有深情却难以相见。

饮牛津：指传说中的天河边，这里是借指与恋人相会的地方。

简析

这首诗上片的首句"一生一代一双人，争教两处销魂"没有任何交代，也没有故事情节，直接写相亲相爱的一对情侣无端被拆散，这样的句子似乎没有经过构思和推敲，平铺直叙，脱口而出。“相思相望不相亲，天为谁春”这句话中的感慨同样非常直白。下片开始有所转折，接连采用典故，“浆向蓝桥易乞，药成碧海难奔”，这里的用典非常讲究，丝毫没有生涩和堆砌的感觉，虽然两个典故截然相反，却一点儿没有感觉到冲突，结尾的“若容相访饮牛津，相对忘贫”采用了诗词的暗示力量，表达了词人的决心，如果能与她相见，一个像牛郎，一个像织女，就能够相对忘言了。如若能结合，即便过着贫贱夫妇的生活，也心满意足。

名家点评

清·顾贞观：容若天资超逸，悠然尘外，所为乐府小令，婉丽凄清，使读者哀乐不知所主，如听中宵梵呗，先凄婉而后喜悦。容若词一种凄忧处，令人不能卒读，人言愁，我始欲愁。(《通志堂词序》)

高鼎

高鼎，生卒年不详，大约生活在清咸丰年间。字象一，又字拙文。浙江仁和（今浙江省杭州市）人，清代著名诗人。其诗擅长描绘自然景物，语言通俗生动。

草长莺飞二月天，拂堤杨柳醉春烟

村居

清·高鼎

草长莺飞二月天，拂堤杨柳醉春烟。
儿童散学归来早，忙趁东风放纸鸢。

注释

村居：居住在乡村所见到的情形。

拂堤杨柳：就像杨柳一样抚摸堤岸。

春烟：春季的水泽、草木所蒸发形成的烟雾般的水汽。

纸鸢：用纸做的形状像老鹰的风筝，也泛指风筝。

简析

这首诗写了诗人居住农村亲眼看到的景象，勾画出一幅生机勃勃、色彩缤纷的“乐春图”。全诗充满了生活情趣，诗情画意，落笔明朗，用词精练，全诗洋溢着欢快的情绪，字里行间透露着对春天来临的喜悦。

首联“草长莺飞二月天”描写时间和自然景物，用生动的文字描写了春日里农村特有的明媚、迷人的景色。颔联“拂堤杨柳醉春烟”描写村中原野上的杨柳“拂”,“醉”，把静止的杨柳人格化了。颈联“儿童散学归来早”勾画出一群活泼的儿童蹦蹦跳跳回家的情形，尾联“忙趁东风放纸鸢”描写了孩子们在大好春光里放风筝的生动情景。诗人采取动静结合的手法，将早春二月的勃勃生机展露无遗。

背景

这是清代诗人高鼎晚年归隐于上饶地区，闲居农村时所写的一首七言绝句，当时他遭到议和派的排斥和打击，志不得伸，在远离战争前线的村庄隐居。